呼ぶ山

夢枕獏山岳小説集

夢枕 獏

角川文庫
19603

目次

深《しん》山《ざん》幻《げん》想《そう》譚《たん》

1

夜になって、風がかわった。

風の中に、這松《はいまつ》と、稜線《りょうせん》の雪の匂いが混ざっている。

頭上の闇に、梢《こずえ》のうねりが大きくなった。

葉擦れの音が、幾重にも重なって、暗い谷底から、低いどよもしとなって伝わってくる。山鳴り、とでもいうのだろうか。眠りながら聴く、潮騒《しおさい》にも似ていた。夜の底で、山が呼吸しているのだ。

焚《た》き火の焰《ほのお》がちろちろとゆれ、黄色い火の粉がはぜる。

山がよく聴こえる晩だ。

紅い焔を見つめ、腹を抱えて耳を澄ませていると、次第に、山の呼吸《リズム》に肉体が溶けてゆく。眠れる巨人の腕の中で、ひっそりと火を焚きながら、その心臓の鼓動を聴いているようなものだ。胎児が、羊水の中で聴く母の心音も、このようなものなのだろうか——

食事をすませたあと、コッフェルを放り出したまま、私はコーヒーを飲んでいた。

——ブルーマウンテン。

インスタントではなく本物である。今回私が持ち込んだ、唯一の贅沢品《ぜいたくひん》であった。

夜気の中に、その芳香が溶けている。

新緑の匂い。

目をつむる。まぶたの裏に、焰の色が残っている。昼の間山麓《さんろく》をうろつきまわった肉の興奮が、ゆっくりと血の中に拡散してゆく。

こんなにくつろいでいる自分が信じられなかった。

昔——学生の頃は、もっと激しい山だったような気がする。体力にまかせ、独りで、ずいぶんでたらめな登山をした。疲れること。汗をかくこと。自分の肉体を酷使することだけが目的だった。眠くなるまでは、夜どおしでも歩き続け、眠くなれば、夏ならそこでそのままうずくまって眠った。

無茶をしたものだと想う。

あれは何だったのか——

満たされることのない飢え。やりどころのない盲目的な情動《エネルギー》。ふいに襲ってくる、嵐のような欲望。己れの肉の奥にひそむ、不気味な黒い生き物。女の肉への激しい渇望。

不安。

夢——

山に向かって、肉体を叩《たた》きつけても、叩きつけても、なお、足りなかった。

〝肉は愛《かな》し、すべての書は読まれたり——〟

そんな言葉を知ったのもその頃だった。

冷たい雨に濡《ぬ》れながら、新緑のカラ松林を、歯を軋《きし》らせ、何時間も黙々と歩いたこともある。陽光を浴びながら、何千何万もの黄色いダケカンバの落葉が、風に舞い、谷を吹きあげられてゆくのを、一日中、ただひたすら睨《にら》みつけていたこともある。

かつて、私の中で、あれほど荒れ狂っていた凶暴な獣が、いつの間にかいなくなっていた。

あの頃が私の夏なら、もはや、私の夏は去っていた。

冷めかけたコーヒーをすする。

不思議と心安らぐ場所であった。

自分が、山の一部となって、山に同化してしまいそうである。

こんな気分を、ずっと昔に味わったような気がした。日常の隙間に時おり訪れる、似たようなことが以前あったのではないか、という感覚——

私がコーヒーの残りを飲み干した時、はじめて、私はそこにその男が立っているのに気がついた。

その男は、焚き火の数メートル先の地面に立って、キスリングを背負ったまま、眼を細め、なんとも奇妙な眼つきでじっとこちらを見ていた。

ひどく遠いものか、霧の中のものを見定めようとするような、不思議な眼であった。

その視線の中に、思わずぞくりとするようなこわいものがあった。

2

「こんばんは」

男が頭を下げた。

「こんばんは」

私が言うと、男の表情の中にあったこわいものが消え、そこに、ふいに人なつっこい笑みが浮かんだ。

「いやあ、まさかこんな所で人に会うとは想ってもいませんでしたよ」

そう言って、男は焚き火のすぐむこうまで歩いてくると、キスリングを背からおろし、地面にあぐらをかいた。だいぶ年季の入ったキスリングだった。背と同じ幅のザックが主流の現在にあって、これだけ使い込んだキスリングを見るのは久しぶりだった。もとの色がすっかり落ち、白茶けた、乾いた土色をしている。

男が、こんな所で人に会うとは想ってもいなかった、と言うのももっともである。入っている山自体が、それほどポピュラーな山ではないし、何よりも、ここまでの正規の道《ルート》などないのだから。

「よかったのかな、ここに座って」

「どうぞ」

男は、好奇心に満ちた目で、私と、そしてあたりを見まわした。

私の背後には、テントが張ってあり、すぐまわりには、コッフェルだのラジウスだの、ここ何日間かの所帯道具が散らかっている。

森林限界にはまだいくらか下あたりの樹林帯の中である。早い石南花《しゃくなげ》が、もう咲き始めていた。その谷の中途の、いくらか平らな斜面に、私と男とは、焚き火をはさんで向かいあっているのである。

熊が出たとしても、おかしくはない場所であった。

「何日くらいになるんですか」

男に言われて、私は答えようとしたのだが、咄嗟《とっさ》に言葉が出なかった。もうずっと昔からこうやっているような気がしていたからだ。

「三日目、になるかな――」

「三日間もここに？」

「はあ」

私は曖昧《あいまい》にうなずいて、そして、自分自身に言い聞かせるようにつけ加えた。

「ここがね、気に入ってしまったんですよ」

「ははあ」

男がうなずいた。

声のイントネーションが、どこかはずれている。高校の頃の校医が、よくこんなしゃべり方をしていたようである。

不思議な男だった。

年齢の見当がまるでつかなかった。

笑うと、二十代のいくらかやぼったい青年とも見えるくせに、目のまわりに浮かぶ皺《しわ》は、もう四十代のものであった。真面目な顔つきになると、その両方が一緒になって、年齢不詳の顔になる。

「三日間も、ここで何をなさってたんですか」

男が言った。

「ええ、まあ――」

「ぶしつけな質問でしたか」

「いえ。ぶらぶらと、このあたりを」

「散歩ですか」

「そんなところです」

ここへ来てからの三日間、私はこれといった目的もなく、気のむくままに近辺の山麓をうろついていたのである。ほんとうに、何年ぶりかの入山だったのだ。しばらく山を怠っていた四十歳を越えた肉体にとっては、テントや食料を背負っての縦走はハードすぎる。どこか気に入った、人も来ないような所にテントを張って、山の雰囲気を肉体全部に染み込ますことができれば、それでよかった。

そして、これは、私の最後の山行となるはずであった。

私は、下界をふり捨てるようにして、ここまで逃げ出してきたのである。

ここには、債権者たちの罵声《ばせい》もないし、ヒステリックな妻の顔もなかった。

小さな広告会社ではあったが、私がなんとかここまでささえてきた会社が倒産したのである。親の残した金で始めた会社であった。始めて一年もしないうちに、みごとに行きづまった。それでも十年近く、血を吐く思いで、会社を維持してきたのだが、二ヵ月前、ついに取り返しのつかない不渡りを出してしまったのだ。

それからの二ヵ月は、悪夢のような日々であった。取り引き先の態度が、手の平を返したように変わった。泣きながら、たまった支払いをしろとどなり込んできた、下請けのデザイナーの顔を見た日の晩には、血の小便が出た。

疲労で、疲れさえもが感じられなくなったある日、ふいに頭の中によぎったのが、昔歩いた山の風景であった。蒼天《そうてん》にそびえる残雪の峰が、清冽《せいれつ》な夢のように脳裏に広がった。

もう我慢できなかった。気がついた時には荷造りを始めていた。

妻にさえ言わずに、何もかも放り出してここまで来てしまったのだが、おそらくむこうではひどい騒ぎになっているはずだった。妻との間に、子供がなかったことが、せめてものなぐさめである。

私の保険金と、家を処分した金をあわせれば、借金を返し、なお幾らかの額が残るはずである。妻の、次の身のふりかたが決まるまで、しばらくは女ひとりが生活していけるくらいの額のはずだった。

私は、ここへ自分の死に場所を求めてやって来たのである。

3

「奇妙なことをうかがいますがね」

男の顔が、あの年齢不詳の表情になっていた。

強い焔《ほのお》ではなかったが表情を見てとるには充分であった。

男の声にも目つきにも、私の素肌をなめまわすような、ねばいものがある。

「あなたは、どうしてここを選んだのですか。さきほど、ここが気に入ったからだとおっしゃってましたが、始めからこの場所を知っていたわけではないんでしょう――」

「ええ、あなたの言う意味はわかります」

普通の登山者なら、まずやって来ないような場所に、どうしてやってきたのかと、男は言っているのだ。

私がこの場所を見つけたのは、むろん偶然である。だが、この偶然にしても、普通に山に登っている者が出会える類《たぐい》のものではない。

私にしても、わざわざ人が来ないような場所を捜してさまよっていたからこそ、たまたまこんな場所を見つけることができたのである。

だが、その奇妙さという点では、男も私と同様である。何故、こんな所へやって来たのか――。

私の顔に浮かんだ警戒の色を、敏感な人間なら、感じとれたにちがいない。

私は、ゆっくりと、男に向かって言った。

「若い頃は、体力にまかせてどんな山でもやっつけられたんですがね。この歳になると、できるだけ人の来ない、たまたま見つけたこのような場所で、ごろごろしている方が楽なんですよ」

「ははあ。では、あなたは、ご自分がこの場所へ来たのは偶然で、他に理由はないとおっしゃるのですね」

「ええ」

「ほんとですね」

念をおすように、男の瞳《ひとみ》に炎がゆれた。

男の眼が、数瞬の間、さぐるように私の眼を見つめた。

「ならばよかった。わたしは、またあなたがわたしと同じ趣味を持っておられるのかと想いましてね。そうなら、先着順みたいなものですから、この場所はあなたにゆずらにゃならんのかと想ってたのですよ。何しろ三年ぶりですからね、これほどの場所を見つけたのは──」

男の眼の中に、妖《あや》しい光の色がきらめいていた。

「────」

「そんな顔をなさらないで下さい。ご説明するつもりですから。いえ、いつもならめったにこんな話はしないんですがね。なに、信用されないからしないんですが、ここにあなたがおられるんじゃ、話さないわけにはいきませんでしょう。それに、あなたになら、この話もわかってもらえるはずです」

4

「山には、何か、こう、不思議な作用があるでしょう」

男が言った。

私はコーヒーを新しく入れて、それを飲んでいた。

男は、私のすすめたコーヒーを断わって、自分のキスリングのポケットから取り出したウィスキーの小壜《こびん》に、時おり口を運んでいた。

「これはつまり、わたしだけの感じ方かもしれませんがね。山に、その、人格のようなものを感じることはありませんか」

「そんなに具体的なものではなくて、雰囲気みたいなもの――こういう言い方ならわかるでしょう」

「――」

「ええ」

「その雰囲気というのが、山によってどれもこうみんな違うんですね。たとえば、南アルプスの北岳《きただけ》と、北アルプスの槍ヶ岳《やりがたけ》とでは、同じ季節の、同じ晴れた日に登ったとしても、まるで違うものがあるんです。これはもう人間みたいにね。あなたも、山に登っているのなら、好みの山、というのがあるでしょう」

私はうなずいた。

「誰にでも、好みの山がある。山なら何でもいい、という人間もいるけれど、その人間にでも、つい多く出かける山と、そうでない山とがあるのです。好み、と言うよりは、これは、相性と言った方がいいでしょうね――」

男は、ウィスキーを口に運び、壜を眺め、飲みすぎてしまった、というように、ふたをして地面に置いた。

手の甲で口をぬぐう。

「穂高《ほたか》と明神《みょうじん》のように、尾根がつながって隣りあった山でも、やはり違うものがあります。たとえば、水の味や、植物相のクセなんかが、微妙に違うんですね。穂高では、ミヤマキンポウゲやハクサンイチゲが、ほとんど同じ場所に、どっと混ざりあって咲いているのに、明神では、あっちにひとかたまり、こっちにひとかたまりと、別々に咲くような傾向がある。理由は、と言われてもこれがまるでわからないのです。山の持っているクセとしか言いようがないものがあるわけです。もっとも、わたしが知らないだけで、どこかにちゃんとした理由というものがあるのかもしれませんが——」

男はさぐるような眼で私を見た。

「どうぞ、続けて下さい」

私が言うと、男はうなずいた。

「人間の貌《かお》やかたちが違うように、山の形も高さも違います。そして、たとえ双子でも、その個性が異なるように、山も、それぞれに異なる個性を持っているのです。個性、というのが不自然なら、さきほどのように雰囲気と言いかえてもかまいません」

男は、再びウィスキーの壜を取りあげて、ふたをあけた。ひと口飲み、壜をそのまま右手で握っている。

男は、しばらく口をつぐんだ。

私が、今の話を、どのくらい理解したのかうかがっているようであった。

「何故でしょうね」

男が言った。

「え?」

「どうしてでしょうね。どうしてこのように、山それぞれに、微妙な個性の差が出てくるのだと思います？」

「さあ」

「やはり、ただあたりまえに、山の格好や高度、岩質などによるのだと思いますか」

「そうではないんですね」

私は無難な言い方をした。

「山の形状や、岩質、土質、植物、むろんそれらのものが合わさって山の個性をつくっているのですが、それだけではないのです。もうひとつ、個性のもとども言うべきものがあるのです」

最後の『あるのです』に、男は力を込めた。

またウィスキーを飲んだ。

男の顔が赤くなっている。

風が強くなっていた。頭上の闇の中で、梢《こずえ》が騒いでいる。

私は、火に薪《まき》を足していなかったことに気がついた。だが、炎は、強くはないが、まだそれまでの火勢を保っている。

「不思議ですねえ」

男は、重いため息のように、その言葉を吐き出した。

「山はね、どんな山でも、どこかに一か所、時には数か所の聖域を持っているんです。地球からの〈気〉が抜け出てくる場所みたいなもの、とでも言うんでしょうか。いえ、山だけでなく、どんな土地にもそういったものはあるのでしょうが、地球が宇宙に向かって出っぱっている場所、山には特にそれが強いようです。その〈気〉というのがね、さっき言った、個性のもとってやつなんですよ」

男は、私の顔色をうかがっている。

「こいつはね、こじつけとか、そんなんじゃないんだ。事実なんですよ。証拠を見せたっていいんだけどね、わたしは、ちゃんと、その〈気〉ってやつを見たことがあるんだ。それだけじゃない。とっつかまえて、あなたに見せてやることだってできる。わたしはね、その〈気〉を、こうやって山を歩きながら、集めてまわってるんですよ」

「集めて？」

「ええ。と言ったって、誰にでもできる芸当じゃない。第一、普通の人間には、その〈気〉の出て来る場所がわからない。わかったって、つかまえる方法まではわからない。それにね、〈気〉なんてものがあることを、まず信用しやしませんからね」

ウィスキーをあおる。

顔がさっきより赤くなっていた。目の中に、小さく、偏執狂めいた光が宿っていた。

「いいかね」

少しずつ口調がかわっていた。

小さな狂気が、彼に張りついたようであった。

「山の聖域——地球からの〈気〉が抜け出てくる場所にはね、なんと言うか、宇宙と同質の〈気〉とでもいうものがあるんです。どのくらい昔かわたしにゃわかりませんがね、大昔、地球ができる時に、この大地はその宇宙の〈気〉みたいのを、いろんなものとごっちゃに抱え込んでしまったらしい。もちろん、わたしの想像ですがね。まあつまり、その場所の〈気〉と相性のいい人間が、しばらくそこにいるとね、なんかこう、気持がしっくり落ちついて、そこにいつまでもいたいような気分になるというか、山と一緒になったような気分になれるってわけらしいんですよ。で、はじめの話にもどると、それで、自然と好みの山みたいのができちまうってことになる」

男が立ちあがった。

その眼がやや吊《つ》りあがっている。

「へへ、信用してない眼だね。いいよ、見せてあげようか。わたしが三年前につかまえた〈気〉をね」

男は、自分のキスリングの紐《ひも》を解くと、中に手を突っ込んで、もとはウィスキーか何かが入っていたらしい壜を取り出した。ガラスは透明なのだが、その内側に、半透明の薄い膜が張っているようである。

「どうだ、これがそうだ」

口調が完全にかわっていた。

男の内部にあった狂気が、ついに肉を喰《く》い破って、皮膚の表面に顔をのぞかせたようである。

壜の中には、何も入っていなかった。

壜《びん》を高々と頭上にさしあげた。

「見ろ！」

5

焚《た》き火をまわって、男が私の傍にやって来た。

「何も入っていないと思ってるんだろう」

「――――」

「見てろ」

男は、壜を、己れと私との中間にさし出して、ものすごい形相で壜を睨《にら》みつけた。きりきりと音の伝わってくるような念のこめ方だった。男の額に汗が浮いた。顔面の筋肉が、細かく震えている。

――と。

壜の内部に、白いもやのようなものが現われた。それが、次第に形をととのえていく。薄い膜があるため、はっきりとは見えないが、どうやら人間のようであった。

それは、緑色をした、女の裸体となった。緑色の表面に、光の粒が、いくつもきらめいては消える。緑色自体も、濃く、薄く、また微妙に色あいをかえる。時おり現われるピンク色のパール質の光が、その緑と溶けあう様は、まるで壜に閉じ込められた妖精《ようせい》が、身をゆらせているようにも見えた。ファンタスティックな光景だった。

私が言葉を忘れてそれを見つめていたのは、ほんの三分くらいであったろうか。

すっと女の姿形が薄れ、現われた以上の早さで消えてしまった。

「見たか」

「――――」

私は声もなくうなずいた。

「今のが〈気〉だ。三年前の、ちょうど今頃の季節だ。赤石岳《あかいしだけ》の北側にある谷の途中でな、おれはこいつをつかまえたのさ。こことよく似た場所さ。谷の底にはな、時々、〈気〉のカスばかりが溜《たま》っている場所があるがね、あれはだめだ。ここくらいの場所が一番いいんだ。おれは、こいつをつかまえるまでに、七年かかった。いいか、七年だぞ。初めにつかまえた北岳のやつは、なくなってしまった。次につかまえた立山《たてやま》のやつも、なくなってしまった。壜に入れておいたのが、いつの間にか消えてしまうのさ。へへ。わたしは考えたよ。それこそ気がおかしくなるくらいにね。それでやっとわかったのさ。やつら、どんなにしっかりとふたをしておいても、無機質のものは通り抜けてしまうのだ。だがな、おれはついにやった。〈気〉を閉じ込めておく方法を発見したのさ。それがこれだ」

男は、手に持った壜を、私の目の前に突きつけた。

「どうだ。壜の内側に、薄い膜のようなものが張ってあるだろう。わかるか、え？」

「わ、わかる」

「へへ。そうか、わかるか」

男は、笑った。

それは、もはや、あのなつっこい笑いではなかった。見る者をぞっとさせる、不気味な笑いだった。

「これはな、おれの尻《しり》の皮膚さ」

「――――」

「はは。いい考えだろ。やつらは、人間の皮膚だと通り抜けることができないのさ」

「あれは、人のかたちをしていたぞ」

「ふふん」

男は、再び焚き火のむこう側にもどり、ウィスキーの壜をひろいあげて、ラッパ飲みをした。

男は、左手に〈気〉の壜、右手にウィスキーの壜を握っている。

「〈気〉ってやつはな、見る者の想う通りの姿に格好を変えるのさ。女でも、男でも、金でも、車でも、花でも、何でもね。〈気〉はまわりの雰囲気に化けるのさ。〈気〉自体はただの〈気〉。幽霊なんてのもね、人の死に際の気持が乗り移っただけの〈気〉さ――

――」

男は、ウィスキーを飲み干し、空になった罎を放りなげた。男の背後の闇に、罎の落ちる音がした。

男は、キスリングの中を手でさぐり、もう一本の、〈気〉を閉じ込めるための罎を取り出した。

「おれはね、一年半をかけて、この場所を見つけたんだ。ここはね、この山の聖域なんだよ。ここから出てくる〈気〉が、この山の持っている、この山らしさみたいなもののもとになるんだ。おれは、ここへ、〈気〉をつかまえにやって来たんだよ」

男は、〈気〉の入った罎をキスリングにもどし、新しい罎を持って立ちあがった。

「これは、まだ空の罎——」

よろけた。

それでも罎は落とさなかった。

「こいつにはね、さっきのとは反対側の尻の皮膚が張ってある」

「それで、その〈気〉は、このあたりの、いったいどこにあるんです」

私は、まだ手に持っていたコーヒーカップを置いて、視線をまわりの闇にむけた。

ここは、谷の斜面の樹林帯である。そのどこかに、地から〈気〉の湧き出ている所があるのだろう。

谷の底から、微《かす》かに水音がする。

雪から溶けてきたばかりの、清麗な、冷たい水音だ。

闇に、点々と石南花《しゃくなげ》が白い。

「ごらんになりますか。わたしが〈気〉をつかまえるのを」

男の、おれが、またもとのわたしにもどっていた。

「ぜひ」

私は言った。

とたんに、男がけたたましく笑い出した。

「失礼。酒を少し飲み過ぎましたかね」

まだ赤かったが、男の表情が、真面目なものにかわっていた。

「いいですとも。見せてあげますよ」

と言って、男が私を見つめる。

誘われるように、私も立ちあがっていた。

男が、私に向かって真っすぐに歩いてきた。

「あ――」

私は声をあげた。

男と私とを結ぶ直線上に、焚き火があったからである。

私の声を聴いて、男が立ち止まった。

「そこは」

私はもう一度声をあげていた。

男が立ち止まったのは、焚き火の真上だったのだ。

「ここがどうかしたのですか」

男が言う。

涼しげな声であった。

「そこは焚き火の上です！」

男は、笑いながら、すねをなぶっている炎の中から出てきた。

「さっき言いませんでしたかね。〈気〉はよく化けるんだと――」

男の顔が、すぐ目の前にあった。

「たとえば火にだって人間にだってね」

にたり、と笑った。

「だから、逃げられないように、人間に化けた〈気〉を騙《だま》したりしなくちゃならないんですよ。たとえば、酔っぱらったふりなんかしながらね――」

私の首に、鈍いショックがあった。

跳ねるように、男の身体が焚き火のむこう側に舞いもどっていた。

男の手に、私の首が抱えられていた。

私は、それを、焚き火のこちら側から、首の失くなった身体で見ていた。

私の首が、男の手に持った壜の中に、器用におさめられた。

焚き火や、テントや、コッフェルや、私の身辺のものが、急速に存在感を失っていった。

私の手や足が透けて、下の地面が見てとれる。

「そうか」

と、私はつぶやいた。

それは、もう声になっていなかった。

私はようやく想い出していた。

私は、二年前の今頃、ちょうどこの場所で死んだのだった――

呼ぶ山

天地がわからない。

どちらが上で、どちらが下なのか。

無重力の宇宙空間に浮遊しているような感じだった。

もっとも、無重力というのは、これまで体験したことがないので、こんなものかと想像するだけだ。

落下したことは、何度かある。

一番長い距離で、二十メートルくらいだろうか。

あれも、天地がひっくりかえって一瞬上下の感覚が消失するが、あれとも違う。あれは、速度のようなものがあった。

落下して、ザイルが張り、ザイルが伸び、ハーネスが体重を受けとめるまでの短い時間が、コマ送りの画面のように記憶に残った。

青い空。

白い雲。

指先が離れる瞬間の玄武岩の色。

緑のザイル。

山の頂。

最後に指先をこすった岩の感触。

今は、動かない。

口の中にも、鼻の穴の中にも、耳の中にも雪が詰まっている。

冷たさは感じていない。

ただ、全方向から、等質な力が身体を圧している。

口の中の雪と、その周辺の雪の中に混ざっているわずかな空気を、短く呼吸しているだけだ。

まだ覚えている。

最初は、呼気のようなものだった。

山の息、山の呼吸、実体のあるはずのない山の気のようなものが、頬を打ったのだ。いや、打つというほどのものじゃない。ほんのわずかな息、それが頬にかかったような気がしたのだ。

誰か——たとえば日本にいる誰かが、自分の名をつぶやいて、あり得ないことだが、それが風か何かのかげんで、パキスタンの北東の端のこの場所まで届いてきたような感じだったと言えばいいだろうか。

もしかしたら、山が、自分を呼んだのかもしれない。
広びろとした雪田だった。
左側に向かって、雪の斜面が登っている。
雪は、よく締まっていて、気持ちがよかった。
アイゼンが、雪を噛《か》む音が小気味よく、いいリズムを刻んでいた。
その時に、その呼気だか声のようなものを感じたのだ。
首を向けて、見あげたら、それが見えたのだ。
山の稜線《りょうせん》から青い空に向かって投げられた、白い絹のスカーフ。
きれいだった。
あまりにそれが美しかったので、自分はほんの一瞬、それに見とれてしまったのだ。
その、ほんの一瞬のその時間が、逃げ遅れた原因だとは思っていない。
何が起こったのか理解したのは、その後だった。
雪崩だ。
そう思った時に、
どーん、
という音が響いてきたのだ。
雪田の上部の面に、次々に亀裂が走って、その亀裂の幅が広くなってゆく。
その時にはもう、走り出していたので、そんな光景を見ていたのかどうか、実は記憶にない。

頭の中で想像した記憶なのか、実際に見た記憶なのか。

おそろしく巨大で圧倒的な力が、上方から襲いかかってくるのだ。

「山が呼ぶんだよ」

そんなことを言っていたやつがいたな。

誰だったっけ。

「山が、そいつに声をかけるんだよ、長谷《はせ》」

と。

「声？」

「そう。そいつにしか聴こえない声で、教えてくれるんだ」

「何を？」

「だから、順番が来たことをだよ」

——おまえの番だよ。

——こっちへおいで。

そんなことを言ってたよな。

「そいつにしか聴こえない。他のやつには聴こえない。だけど、そいつにはわかる。山で死んだやつは、みんな、死ぬ前にその声を聴くんだ」

「ならば、上村《うえむら》のやつも、その声を聴いたのかい」

「たぶんな」

「加東《かとう》のやつも？」

「ああ。菜塚《なづか》も九保田《くぼた》も、たぶん、それを聴いたんじゃないかな」

「そりゃあ、おかしいんじゃないのか」

「何故だい」

「だって、呼ばれたやつは死ぬんだろう」

「ああ」

「だったら、どうやってそれを確かめることができるんだよ。そりゃあ、あれだな」

「あれ？」

「都市伝説だよ、都市伝説——」

「都市伝説じゃあない。山の伝説だろう」

そんな話をしたはずだ。

誰だったかは思い出せないが、場所は覚えてる。

新宿《しんじゅく》の、居酒屋だ。

こっちはビールを飲んでいて、あっちは日本酒を飲んでいたはずだ。

誰でもいいか。

とにかく、走った。

間に合わないとわかっていても、走るしかなかった。

しかし、どうせ間に合わないんだったら、あの、美しい、白いものが流れ落ちてくるのをじっくり見ておけばよかったかな。

まあいい。

考えてみれば、あの、頰のあたりにかかった息のようなもの——あれが、〝山が呼んだ〟というやつだったのかもしれないな。

身体が、強い力にさらわれて、宙に浮いた。

雪だとか、氷に飛ばされたんじゃない。

風だ。

風圧のようなもの。

それに飛ばされて、いったん身体がふわりと宙に浮き……

それから、雪の粒がぶつかってきた。

その後、もみくちゃにされ、こねられ、ひっくり返され、裏返され、気がついたら、雪がぎっしり口の中に詰まって動けなくなっていたのだ。

こうなってから、どれだけの時間が過ぎたのだろうか。

一分か。

二分か。

それとも、十分以上の時間が過ぎてしまったのだろうか。

一瞬、意識を失っていたような気もする。それが、いったい何秒だったか、何分だったか。

それによって、このあと生きていられる時間が決まってくる。

話によれば、こうして雪に埋もれた時、場合によっては、口の周辺の空気だけで、二十分くらいは生きているらしい。もちろん、自分が体験したわけではないが、雪崩で埋まってしまった人間を掘り出して生きていたケースで、最長時間はだいたいそんなものだということがわかっている。

その時間が来るまでに、誰かがこのおれを発見してくれるだろうか。

それはわからない。

それは、どれだけ深い場所に自分が埋まっているかだ。

撮影隊は、このおれが、雪崩にやられたのは見ている。彼らは、雪崩がおさまった後、すぐに捜索にかかってくれるはずだ。

皆で、一列に並んで、雪の中にピッケルを突きたててゆく。そのうちの一本が、雪の中に埋もれているおれの身体に当れば、それとわかるはずだ。

うまくやってくれるといい。

ザックにピッケルが当ればいちばんいいが、時々、力があまって、胸や腹の肉まで貫いてしまうやつがいるからな。

心臓を突かれたら死んでしまうし、眼なんかを突かれたら、たまったもんじゃない。

馬鹿だな、おれは。

こんな、生きるか死ぬかって時に、眼のことなんか考えてるんだからな。

やっぱり、無謀だったのか？

Ｋ２の、無酸素単独登頂なんて。

無謀も何も、まだ、そんなレベルの登山なんかしていない。

標高で言えば、六千メートルにも達していない場所だ。いくらＫ２だからって、六千メートルに満たないこの雪田を歩くのが無謀だなんて、誰も思わない。

世界で二番目の八千メートル峰をねらって、六千メートルで遭難か。

Ｋ２――バルティ語でチョゴリ。

八六一一メートル。

エヴェレストよりは低いものの、その登頂の困難さは、ノーマルルートのエヴェレストに勝る。

世界一――世界で一番初めにそれを為《な》す人間になりたかった。

そうだ。

それは確かにそうだ。

だけど、それだけじゃあない。それだけではないもののために、登るんだ。それだけじゃないもののために、世界で一番最初であるということがくっついているだけなんじゃないのか。それだけじゃないもの――ではそれが何かというと、自分はうまく語ることはできないが、語るかわりに、山へ登り続けているような気もする。

生は、長さではない。

極限の、極限の、極限のその先で、おれたちは、それに一瞬出会うんだ。

山に？

自分に？

わからないだろうな。

一生登り続けたって、わからないだろうな。

絵描きが絵を描くように、彫刻家が石を削るように、おれたちは山に登る。

息をするように、飯を喰《く》うように、恋をするように、生きていること、あたりまえのこととして、山に登る。

結局、宇宙に対する表現――自分自身がここにいるぞと、宇宙だかどこだかにいる大きな者に向かって宣言すること――それが、山に登ることじゃないのか。

それは、神か。

神がいるとして、その神に向かって、自分の名前を告げにゆくような作業なのかもしれない、山に登るというのは。

その山から、声をかけられたのか、おれは――

いつだったかな。

思い出したぞ。

そういえば、前にも、何か似たようなことがあったな。

最初に登った時か――

最初？

はじめは、石垣だった。

小学校の時だったっけ。

校舎裏手の山に、昔の城跡があって、そこに石垣があった。

そうだ。

そこで、近くの高校生が、ザイルを使って登ったりしてたんだった。

それを見ていたら、急に、自分もできるような気がして、登り出したのだった。

独りで。

確保も何もなしで。

高さは、二十メートルくらいだったっけ。

左手を出すと、摑《つか》める岩の出っぱりがあった。

足を乗せる岩があり、右手を伸ばすと、岩の透き間があった。

軽々と登って、半分以上を過ぎたところで動けなくなってしまったのだ。

石垣が、だんだん垂直になり、反ってきて、石も小さくなって……

降りようとして、下を見た途端、その高さに初めて気がついて、足がすくんでしまったんだった。

石垣にしがみついている手が疲れてくる。足がぶるぶる震えてくる。動けない。どうしていいかわからないでいると、高校生と、彼らを指導している教師が気がついて騒ぎ出したのだ。

上にいた高校生が、ザイルを垂らしてくれた。

そのザイルの赤い色を見た途端、何故か、急にくやしくなった。

それで、ザイルを無視して、勝手に登り出したんだった。

休まなかった。

動くなという声が聴こえたような気もしたが、もう、誰が何と言っているかもわからないくらいに、登ることに集中していたのだ。

ほとんど休むことなく、登って、石垣の上に立った。

それが、気持ちよかった。

「ばか」

「あぶないことをするんじゃない」

高校生と、教師に怒られた。

そんなのは、耳に入らなかった。

勝った——

自分に負けなかった——そのことの方が嬉《うれ》しかった。

あれからだ。

あれから山が始まったのだ。

ああ、でも、この記憶じゃない。

思い出さねばならないのは、別の記憶だ。

中学の時だったか。

独りで山にばかり登っていた。

金がなかった。

遠くの山に行きたかったが、それができずに、近くの山を端から端まで登った。

使っていたのはスニーカーだ。

ほとんどが歩く専門だった。

しかし――

いつも行く山で、気になる壁があった。

バスを降りてから、沢筋に沿って四十分ほど歩き、丸太を二本渡した橋を渡って、尾根に向かって七分ほど歩いた右側に、その岩の壁はあった。

登山道の横にある、一枚の板のような岩壁だ。

三十メートルほどの垂直の壁だ。

その上に、テラスがあって、そこからさらに上へ、その岩壁は続いていた。

秋だった。

空が青く澄んで、わずかばかりの風があって、紅葉の始まったダケカンバの葉が、ちらちら黄色く光って揺れていた。

たまたま、そこで立ち止まったのだ。立ち止まって見あげたら、岩壁越しに青い空が見えたのだ。

吸い込まれそうな空で、そこを吹いている透明な風が見えたような気がしたのだ。

その時——

登れる——そう想ったのだ。

ここを使えば、いつもは三時間半はかかる頂上まで、半分の時間で行けるような気がしたのだ。

頂まで最も短い直線——天へつながっている美しいラインのようなものが見えたのだ。

そのラインを行くのは、自分の運命のような気がした。

あの、石垣の時と同じだ。

気がついたら、もう、その岩壁に手をかけ、足をかけて登りはじめていたのだ。

ザイルもない。

ハーケンもない。

岩をやるための装備なんて何も持っていなかった。

軽がると——

まるで、空気に押しあげられるように、泡が自然《じねん》の力で水中を浮きあがってゆくように、上へ上へと自分の身体が浮いてゆく。

空に引かれているのは、一本の岩の地平線だ。

その上に青い空。

その天まで登ってゆくつもりだった。

テラスまで来た。

そこで止まらなかった。

もっと上へ。

登っているうちに、恍惚《こうこつ》となった。

天と、岩と、自分だけ——

あとは何もない。

あるとしたら、自分の肉体から滾々《こんこん》と泉のように湧きあがってくる透明な力のようなもの。

その、透明な力そのものに、自分の肉体が同化しているような気がした。

上へ。

青い天へ。

その時、ふと、誰かに呼ばれたような気がしたのだ。

名前を呼ばれたようでもあり、おいでと誘われたようでもあった。

——愛してるよ。

と、そう、耳元で囁《ささや》かれたような気もした。

声ではなかった。

風のようなもの。

ただ、間違いなく、自分はその時呼ばれたような気がしたのだ。

少なくとも、その場所は、どうという場所ではなかった。

岩に、しっかりと指がかかっていたし、バランスも崩していたわけではなかった。

その時、ふっ、と指が岩から離れたのだ。

何故離れたかわからない。

指が離れた。

その、岩から離れる指先が見えた。

怖いとは思わなかった。

その時感じたのは、落ちる恐怖ではなかった。

感じていたのは、不満のようなものだった。

せっかく、楽しく遊んでいたのに……

どうして、これを、今、ここで止めなくてはいけないのか。やめたくないのに、岩から落ちたら、止めなくてはいけない。

死んだら、もう、この遊びを続けられない。

それが、不満だったのだ。

もう少し、もう少し、これを続けたい……

落ちた。

世界がぐるりと回った。

途中のテラスに、背がぶつかった。

腰が、岩壁をこすった。

覚えているのは、それくらいだ。

眼を開けたら、何人かの登山者が、自分を見下ろしていた。

「生きてるぞ」

「大丈夫か──」

彼らの声が聴こえた。

たまたま下を通りかかって、落ちてくるのを見た登山者だった。

「だいじょうぶです」

おれは、そう言って、立ちあがった。

背と腰と、肩が痛かったが、歩けないほどじゃなかった。

岩にぶつかった時、背のザックが最初に当り、衝撃のショックを和らげてくれたのかもしれない。

途中で、テラスで落下速度が緩められたのも原因かもしれない。

しかし、指先が離れたところから、ほぼ三十メートル落ちたのだ。

生きてる方がおかしい。

助かったって、身体中の骨が折れている。

それが、起きあがり、立ちあがって、自分の足で頂上までゆき、歩いて帰ってきたのである。

あの時のことを、おれは、雪の中で思い出していた。

これまで、ずっと忘れていた。

何で、今、思い出したのか。

あの時も、もしかしたら、呼ばれたのかもしれない。

しかし、あまりにおれが不満そうだったので、山のやつが、少しばかり、おれに猶予をくれたのかもしれない。

その期限が、今、切れたということか。

しかし、それにしたって、どうして今なんだ。もう少し、もう少し待ってくれたってよさそうなものだろう。

あと少しで、K2に手が届くというところで、こんなことになるなんて。

ああ――

そうか。

結局、いつ、呼ばれるにしたって、楽しく遊んでる人間にとっちゃあ不満だよな。

もっとやりたいって思うよな。

だから、こんなものか。

いや、これは、おれはあきらめてるのか。

ここで、いやだとだだをこねたら助かって、あきらめたら死ぬのかな。

死にたくなんかないよな。

死にたくはないが、これはこれでしかたがないかとも、今、おれは考えてるみたいだな。

酸素が足りなくて、思考が鈍っているのかな。

あいつだったら、こんな時、何を考えるんだろう。

あいつ？

そうだ。

あいつだ。

だけど、名前が出てこない。

はぶ……だったかな……

まあいい。

あいつでいい。

あいつだったら、もういいか、なんて考えるのだろうか。

いやだいやだ死にたくないと、この雪の中でわめいているのかな。最後まで、生き残ろうと、何かしてるのか。

しかし、何かするといったって、何ができるんだろう。
口の中の雪を溶かし、大声をあげるのか。
何だか、思考が鈍ってきた。
酸素が足りなくなって、脳がおかしくなっているんだろう。
考えたいことが、考えられなくなって……きた。
なんだか、苦しい。
くる……しい。
けれど、あたたかいような……
頭に浮かぶことだけを、勝手に考え……て、そんなことくらいしか……
どうして……おれもほんとうの……ばかだな、そんなこ………
でも、わるいいきかたじゃ……
ひかり……
海……
なんで海なんだろう。
だいじょうぶ……
……だから
川……
雪……

頂……
恋しいのは……
……ば、か……
……雪
海……
頂……
……恋
いけよ……
海……
……海……
……海……
海……

山を生んだ男

〈母〉は苦悶《くもん》していた。

助けが必要なのである。

強い力――それもただの力ではない、別の質を持った力が必要なのだった。

なんとかしなければ、この新しい生命はねじまがり、成長するにつれ、〈母〉そのものにまで影響をおよぼしてしまう。ようは、その生命の意識の問題なのだ。幸いにも、その生命はまだ柔軟性を持っている。はっきりしたかたちをとり始める前に、まっすぐな方向をあたえられればいいのである。生命――エネルギーにとって、方向を持つということは、意志を持つということである。

だが、成長を妨げる力は巨大すぎた。

――助けを
――助けを
〈母〉は意識を伸ばした。

――強い力を

そして、〈母〉はそれを発見した。

1

すごい吹雪だった。

風が、羽毛服の上から根こそぎ体温を奪っていく。

体温を奪われるということは、体力を奪われることである。体力の消耗は、過酷な環境下の冬山では、すぐ死に直結する。

ふいの天候の急変だった。

昨夜、ラジオで聞いた予報では、あと二日は晴天が続くはずだった。だが、今さらそれを悔やんでもしかたがない。予報のはずれは下界においてもよくあることだし、三千メートルを越える山上ではあたりまえのことである。

むしろ、山の、予想通りにいかないそのことにこそ、梅津忠人《うめづただひと》は魅《ひ》かれるのだ。

梅津の身体は、汗のため、羽毛服の中で湯につかっているような状態だった。もともとが汗をかき易い体質である。しかも、北穂高《きたほたか》から南岳《みなみだけ》へ向かう稜線《りょうせん》のキレットの途中で吹雪《ふぶ》かれ、ピッチをあげていっきに南岳を越えた。夏山でさえ、慣れない者はおじ気をふるう難コースである。それを単独でやっつけた。

その余熱を風がさらっていく。

しかし、体力にはまだおつりがあった。奪われる分だけ、熱を身体に補充すればいいのだ。動いているうちはそれができる。恐いのは、この状態で動けなくなることだ。風が吹けば、マイナス三十度くらいまではいっきに下がる。汗が凍りつき、数時間で人間の氷づけができあがってしまう。

梅津は、足を止め、前方を睨《にら》んだ。

何も見えない。

視界一面、真横に吹きぬける雪の、灰色の直線が被《おお》っていた。

風は、止まる、ということをしなかった。

ふいに風が止んでも、瞬間こんどは下から吹きあげてくるのだ。

梅津の身体は、南岳と槍ケ岳《やりがたけ》とを結ぶ稜線の途中にあった。ついさっき、冬は無人の南岳小屋を通ったばかりである。

槍に向かって、屋根の右側が信州《しんしゅう》、左側が飛騨《ひだ》。風は飛騨側からたたきつけていた。

雪片は、凍った砂のようだった。

何度も通った道《ルート》だった。

足の方がその起伏を記憶していた。

足が踏んできた雪の傾斜の具合と、歩いてきた時間とで、自分の位置をつかむことができる。だが、それにも、そろそろ限界がきていた。

適当な岩陰に風を避けてビヴァークするか、予定通り、もう少し先の中岳《なかだけ》避難小屋まで進むか、決断する時がきていた。

――おれは落ち着いているか。

梅津は自問した。

「だいじょうぶだ」

梅津は声に出して答えた。

「おれは落ち着いている」

――さて、どうするか。

普通の者であったら、もうとっくに道《ルート》を間違えているだろう。いや、普通の者だったら、厳寒期に単独でこんな所までやって来はしない。

ここまでなら道《ルート》を間違えていない自信があった。しかしこれから先は分からない。左右から、この稜線へ向かって集まっている山襞《やまひだ》ひとつ間違っても生命《いのち》にかかわってくる。視界がきかないこの状態では、足が覚えた起伏を読み違えることもある。吹雪の中で、十メートルも離れてない小屋へたどりつけずに、遭難した例はいくらでもあった。

背の食料は二日分。食いのばせば四日分はある。しかし、上高地《かみこうち》へ出るまでの二日分を残すとして、二日間のビヴァーク分しかないことになる。

吹雪が止まない可能性は十分にあった。

吹雪がおさまっても新雪雪崩をさけるため、雪が静まるまで少なくとも一日は動けない。

避難小屋までたどりつけば、秋にデポしておいた食料が、三日分あるはずである。まずビヴァークをして様子を見、いよいよとなったら小屋まで行くのが順当だった。吹雪が続く可能性もあるかわり、明日には止む可能性もあるからである。

「どうする？」

吹雪にまかれたのは初めてではなかった。今よりもっとやっかいな状況を経験したこともあった。

――おれの山はケンカなのだ。

梅津はそう考えていた。

ケンカであるからこそ、山へ登るのはいつも独りなのである。

文明社会の中に隠されている、人間の生き方が、山ではおもいきり単純にされる。自分の体力で担げる範囲の食料が、その分だけ山で自分を生かしてくれる。三日分担《しょ》えるやつは三日間山で生きることができ、五日分担えるやつは五日間生きることができる。自分の足で歩かないことには登れない。担うことと歩くこと。それをささえる体力と知識。

単純なことであった。

自分の生き方に対する、実に明解なものがそこにあった。

「行くか」

そうつぶやいていた。

つぶやいたとたんに歩き出していた。

ごつい梅津の両肩から、吹雪にもゆるがない、熱気に似た生気が立ちのぼっているようだった。

2

二時間後、梅津は中岳避難小屋の前に立っていた。

小屋の回りに積んである石の上にさらに雪が積もり、一見、雪を被《かぶ》った巨岩のようにしか見えない。この吹雪の中では、数メートル近い所にいても、見落とす可能性は十分にある。

「どうだ」

梅津は声に出した。

とりあえず、ケンカはおれの勝ちだ、という意味だった。

入るには、まず、入口に軒まで積もった雪を、取りのぞかなければならない。ザックを降ろし、小型のスコップを取り出した。機械的な動作で、雪をかき始める。同じペース、同じリズムで、息も乱さなかった。

引き戸を開けて中へ入る。

内部は暗かった。

どんな透き間からでも吹き込む雪が、入口に吹きだまっていた。ふたつある窓の高さにまで雪が積もり、上に十センチほど空いた、わずかな空間から光が入ってくるだけである。が、まわりを雪が包んでいるということは、透き間風を防ぐことになり、かえってありがたかった。〃かまくら〃の内側を、板張りにしたのと一緒だった。

小屋の内部は十畳ほどの広さがあった。三分の一が土間で、残りのスペースが、膝《ひざ》くらいの高さで板張りの床になっている。

土間の中央に、熱でボロボロに錆《さ》びた、石油の一斗缶が置いてあった。ストーブ代わりに使用されたのであろう。無数にあけられた穴から灰がこぼれ落ちていた。すぐ上に、斜めに針金が張ってあったが、薪《まき》はなかった。

梅津は、羽毛服をぬぐと、いっきに上半身裸になった。身体の表面から湯気があがった。乾いたタオルで汗をぬぐい、乾いた下着と取りかえる。下半身も同じようにすると、ようやく落ち着いた。

コッフェルに雪をかきとって、山盛りにすると、ラジウスに火を点《つ》け、その上に乗せる。雪は、始めは山盛りでも、溶けてしまえば実にあっけないほどの量になる。それでも、三杯分のコーヒーは飲めるはずだった。

梅津は、スコップを握って外へ出た。

昨年の十一月、小屋の裏手へデポしておいた、食料と燃料を取りに行くためだ。

いくらも掘らないうちに、幾重にもビニールに包んだ、見覚えのあるダンボール箱が姿を現わした。

中にある肉や野菜のカンヅメのどれかを、今晩は丸々食ってやろうと想った。

スコップを横の雪に突き立て、回りの雪を手でかき、ダンボール箱に手をあてると、それは、空気のようにふわりと持ちあがった。

冷たい、クモの触手がぞろりと梅津の背を走りぬけた。

軽かった。

うなり声をあげてダンボールを開くと、中に入っているはずの食料の全てがきれいになくなっていた。

かわりに、一枚の紙きれと、一万円札が入っていた。

紙きれは、手帳のページをさいたものらしく、その上に、鉛筆でこう走り書きがしてあった。

ごめんなさい。

そしてお許し下さい。

キジウチに出かけて、偶然にこれを発見しました。その時、私たちは雪にとじこめられ、食料がつきかけていたのです。私たち三人は何度も話しあいました。生きるためとはいえ、他人のデポしておいた食料に手をつけるのは、山に登る者にとって、最も恥ずべき行為です。けれど、私たちは、それをせざるをえませんでした。

けれど、もしあなたが私たちと同じ立場だったら、きっと同じことをしたろうと思います。

帰りの電車賃のつごうでこれしか置けませんが、私たちの気持として一万円置いて行きます。総額三千円ほどの食料と思いますので、七千円よけいに置いて行けることが、せめてものなぐさめです。

ありがとうございました。

そして、あなたにメイワクをかけてしまったことをおわびいたします。

ＰＳ　このことは、しばらくは私たちの心のキズとなって残るでしょう。

「くそお」

梅津はうなった。

高校生か、大学生にしても十代っぽい筆跡と文体だった。

「迷惑」を「メイワク」と片仮名書きしてあるのが目に痛かった。

強烈な吹雪が、音をたてて羽毛服のフードをゆすっていた。

「ばかやろうめ！」

風が吠《ほ》えた。

3

梅津はおそろしく用心深くなっていた。

歩き方にまで気をくばった。

悪いことがたて続けにおこったからだった。天候の急変と、デポしておいた食料の盗難。その悪いこと——不運にはずみがつくのをおさえるためである。

今までの経験から、こういう時には、さらにアクシデントが重なることを知っていた。幾つかの偶然が重なれば、あっさり人は死ぬ。街でもそうだ。たまたま老人がころんだ。たまたま車を運転していた人間がよそ見をしていた。それだけのことで人が死ぬのである。どちらかひとつだけなら老人か車かが相手をよけたろう。

ここは、ころんで片足をくじいただけで、それがそのまま死へつながる世界なのだ。よくない偶然にはずみをつけさせないためには用心しかなかった。幸運に変えられないまでも、こうして注意深くすごしていれば、自然に不運の方が通り過ぎてしまうことを、梅津は知っていた。梅津が、身体で覚えた山とケンカするコツだった。山とのケンカが、目に見えないかたちのものにかわったのだ、と梅津は想っていた。

梅津は床の上にテントを張った。

こうすれば、百目ロウソク一本で、広い小屋はだめでも、テントの中はけっこう暖まるのである。

針金にぶら下げておいた下着をとりに行くと、それはすっかり凍りついていた。端を握って立ててもかたちがくずれない。その下着を乾かすことも含め、とりあえず、することはいくらでもあった。

アイゼン、ピッケル、登山靴等の手入れ。食料の点検。

食料に関しては、きっちり計画をたてねばならなかった。

寒さは恐くなかった。たいていの寒さなら耐える自信があった。問題は食料である。

寒さに耐えるには体力がいる。体力を保つには食料がいるのである。

さしあたっては、ラジオの天気予報を聞いてからだった。その後で見通しをたてればいい。

戦《ケンカ》が何日になるか分からない以上、ラジオの電池も重要だった。一日に、一時間とか、時間を決めなければならないだろう。

沸いた湯で入れたコーヒーを、小型のコッフェルにそそぐ。金属のコッフェルは熱く、ぐん手で握らなければならなかった。コーヒーをするにも、そっと唇をあてないと、やけどをしてしまう。

砂糖をたっぷり入れた熱いコーヒーは、内側から梅津の肉体を暖めた。

〈七千円よけいに置いて行けることが、せめてものなぐさめです〉

紙きれの文句を想い出した。

「ちくしょうめ」

胸くその悪くなるような手紙だった。いざとなれば、自分でも他人の食料に手をつけるにちがいない。なにしろ生命《いのち》にかかわることである。そのことに関してはあきらめがついた。

しかし、あとに手紙と金を入れておくという、彼らのとんでもない発想が理解できなかった。いや、理解はできても、それにはむかつくようないやらしさがあった。金と手紙を入れておくことで、自分たちのキズを少しでも軽くしようという魂胆なのだ。なんというえげつなさだ。

――だが、それも山がおれにふっかけたケンカかもしれない。

梅津は想った。

そうなら正面から受けてやる覚悟だった。

少なくとも、現在のところ、気力、体力ともに十分であった。

コーヒーをすすると、もう冷たくなっていた。金属のコッフェルの保温力の悪さだ。

食料を点検すると、非常食とあわせても六日分しかなかった。むろん、いつもの半分以下にきりつめてのことである。上高地までを強引に一日とみても、この小屋にいられるのは五日、新雪による表層雪崩を避けるため、一日おくとして、四日で吹雪がおさまらなければ、残りの二日分をさらに食いつないで救援を待つしかなかった。

凍ったかまぼこを、ナイフで四分の一ほど削り、それをかじった。全部消化してやるつもりだった。何度も何度も咀嚼《そしやく》してから、ゆっくり飲みくだした。

夜は急速に訪れた。

頭上の風の音が、ひときわ激しくなった。強烈な山の寒気が、四方からしんしんとおしよせてくる。空気には凍った鉄のような、ざらついた肌ざわりがあった。

寝袋《シユラフ》にもぐり込んでいてさえ、その冷気が感じられる。

むろん、このくらいの寒さは初めてではない。初めての時は、歯が一晩中鳴り続け、眠ることさえできなかったが、今では熟睡することも可能である。

懐中電灯を点《つ》け、寝袋《シユラフ》の中で時計を見ると、天気予報まではまだ十五分あった。それまで音楽でも聞こうと、梅津は携帯ラジオのスイッチを入れた。

そして、その日二度目のおぞけが彼の背を貫いた。

音が出なかったのである。

何ものか、山の見えない圧力が、闇の奥からじわりとにじりよって来る気配があった。

4

三日目。

梅津は寝袋《シユラフ》の中にもぐり込んで目を閉じていた。

することがないのである。

用具は、何度も手入れをしなおし、すぐにでも出発できるようになっている。

独りで雪の中に閉じこめられた人間にとって、最もつらいのは、飢えを別にすれば、孤独感である。だが、梅津は孤独には慣れていた。単に独りでいるだけなら、一ヵ月でも耐えることができた。ただ、何もしないでいることがつらかった。

しかし、梅津はこういうケンカのやり方を心得ていた。このような状況下では、己れ自身が最大の敵となるのだ。何をしようが、何もしなかろうが、吹雪は止む時には止み、止まぬ時には止まぬのである。けものがそうするように、今はただじっと待つことが必要なのである。

寝袋《シュラフ》の中で目を閉じている梅津に、背中から吹雪のうなりが聞こえてくる。それは、子守唄《こもりうた》のように快い響きを持っていた。

　こういう時、梅津は昔のことを回想するのがくせになっていた。それも子供の頃のことを。ひとつのできごと、ある光景を、その細部にわたるまで、たんねんに想い出していくのである。

　よく想い出す映像があった。

その〝絵〟は、特に丁寧に仕上げられていた。

初めて母になぐられた時のことだった。

夜である。

裸電球が光っている。

その黄色い光の中で母が腕を上げている。

子供の梅津は、立ったまま、自分の足元を見つめていた。

赤い靴下の色や、やぶれめのかたち、空気の味や匂いまでも覚えている。

泣いているのは母の方だった。

だが、何故泣いているのか。それが分からなかった。それともうひとつ、母の顔がどちらの母のものであったのかが分からない。

打《ぶ》たれた頬の熱さ、母の白い二の腕、着物の柄さえも鮮明に覚えているのに、それが分からない。手を上げた格好のまま、涙をこらえている光景だけが、はっきり絵となって焼きついている。

何故なぐられたのか。

どちらの母だったのか。

幼いうちに死に別れた母であったか、やがて父の再婚した相手であったか。その顔は、妻の顔のようでもあり、それらの全てが重なっているようでもあった。

それは、郷愁にも似た感情を、梅津に呼び起こさせた。梅津はそれがいらだたしかった。他人には生臭いだけの、自分の体臭のしみ込んだ毛布のようなものだった。

——想い出せないのは、おれがそれを想い出したくないからなのだ。

梅津は、いつもそう考えることにしていた。

新しい母には、ついに最後までなじめなかった。高校を卒業すると同時に、梅津は家を出た。それしか方法がなかった。

母であるにしろ、妻であるにしろ、それらの人々は、すでにこの世の人ではなかった。新しい母は、二年前に、父と相次いでこの世を去り、妻はさらにその一年前に、梅津との子供を流産して共に死んでしまっていた。

梅津は、自分が特別に不幸だとは考えなかった。

人とは死ぬものなのだと想った。

人は死ぬ。生きているものは死ぬ。そのことだけが、小石のように腹に残った。

遠い所で、吹雪の音が激しさを増した。風は、頭上で鳴っているようでもあり、寝袋《シュラフ》のすぐ内側で、梅津をくるむように鳴っているようでもあった。その音の中で、重さのなくなった肉体が漂っている。

眠りに落ちる寸前の、意識の模糊《もこ》とした領域に、梅津は声を聴いた。

〈なんとかしなければ〉

不思議な、男とも女ともつかない声だった。

――誰?

梅津はつぶやいた。

――かあさん?

〈もう助からないかもしれない〉

《そうだ。もう助からない》

別の声が言う。
――ばかな。おれはまだ元気いっぱいだ、体力だってある。
〈望みはある〉
《むりだ》
――なんだ？
――これは夢か？
〈いよいよとなったら〉
――いよいよとなったら？
〈助けを求める〉
――何だって。
梅津は目を開けた。
暗いテントの幕があった。
ねじるような吹雪の音が頭上で鳴った。
眠りかけていたのだ。
夜までにはまだ時間があった。

5

夜である。

吹雪が鳴っている。

細い、笛のような音が過ぎ、その後から、低い、地鳴りに似たどよもしが追いかけてゆく。時おり、空中で、何か破裂したような音をたてるものもあった。表面は不規則なそれらも、もっと深い所では、山の巨大な呼吸《リズム》に重なっていた。

吹雪の音が、静寂をより深いものにし、梅津は、地を沈み、幾層もの山の底にあおむけになって、その音を聴いているような気がした。

小屋の引き戸の軋《きし》る音がした。

遠い風の音が、ふいに現実味をおびたものに変わり、続いて、誰か人の倒れる鈍い音が響いた。

テントから出、梅津は懐中電灯を点けた。

引き戸が半分開き、そこから大量の雪が舞い込んでいた。上半身を小屋の中に丸め込むようにして、人が倒れていた。

梅津は、雪まみれの男を中へ引きずり入れ、戸を閉めてから、懐中電灯で顔を照らした。男だった。鼻の先端と、頬の色が変わっていた。凍傷だ。しかもひどい。

雪をはらい、男を床の上に寝かせ、ロウソクに火を点《つ》けた。小屋の内部が、不気味な、怪物の胃袋ででもあるかのように、炎にゆれた。

男は空身《からみ》だった。ザックもピッケルもなく、登山靴にはアイゼンさえつけてなかった。

「おい、だいじょうぶか」

梅津は声をかけた。

「着いたのか」

男は、かすれた声で言った。気を失ってはいないらしい。

「しっかりするんだ」

「顔をやられている。手を、手を見てくれ。足もやられているかもしれない」

凍傷のことを言っているのだ。

「よし」

手袋をはずす。

指先が、ロウソクの炎で見ても分かるくらい白い。が、手袋で保護されていたためか、顔ほどひどくはなかった。

「感覚がないんだ。たたいてみてくれ」

手で、男の手をたたいた。

「だめだ」

男がうめいた。

「他人の手みたいだ」

「手はだいじょうぶだ。それより顔がやられている」

「ああ。吹きっさらしだったからな」

皮膚より内側までやられていれば、早く病院に入れないと、大変なことになる。

続いて足を見る。

足はひどかった。指の何本かは切り落とすことになるかもしれなかった。

「どうだ」

「やられているが、くわしいことは分からない。おれは医者ではないからな」

「下着は濡《ぬ》れているか」

うそをついた。

「濡れている」

梅津は、ピッケルで、小屋の羽目板をはずし、石油缶の中に入れて火を焚《た》いた。

「こんなことはしたくないが」

男を助けるためだった。火のそばで、男の上半身を手ばやく裸にし、もう乾いている梅津の下着を火であぶってから着せた。下半身も同様に、着れるだけのものを着せた。

コッフェルに湯を沸かし、それに、男の手と足をつけさせた。すぐに湯が冷めていくので、湯をまめに代えた。

男がうめいた。

手の感覚がもどってきたのだ。

「手が痛い」

「痛いということは、だいじょうぶということだ」

「そうか」

と、あえぎながら男が言った。

「おれの足の先はいかれたようだな」

「まだ分からんさ」

梅津は、男の顔にワセリンをたっぷりぬり、タオルで手足をふいてから、そこにもワセリンをぬった。手袋と、靴下をその上からはかせる。

手と足とを強くもんでやる。

「今できることはここまでだ」

男は目を閉じている。年齢が分からない顔つきだった。青年とも中年ともとれる。三十歳前後ということであれば、梅津とたいして変わらない齢《とし》である。

男がゆっくり目を開けた。

「疲れた。腹も減っている。それにやたらと眠い」

「仲間はいるのか。荷物は？　食料なんかはどうしたんだ」

「おれ独りだ。荷物はみんな信州側の谷に落っことした。今ごろは雪の下だ」

言うなり、男は背からくずおれた。

しかたがなかった。梅津は自分のテントの中に男を運び、寝袋《シュラフ》の中に寝かせた。

不思議なことであった。

人のいる所からは、どんなに急いでも一日はかかる所である。しかも、三日続いている吹雪の夜に、単独で男はやって来た。今までの三日間を、雪の中に閉じ込められていたのだろうか。それにしても、吹雪の夜に、よくこの小屋が分かったものだ。運がいい、という以上の、奇跡に近いものだった。

荷物《ザック》からピッケル、アイゼンまで失くしてしまうアクシデント——

それとも、身を軽くするために、自分で捨てて来たのだろうか。それなら、わざわざ谷に落とす必要もない。

分からなかった。

だが、事態がより深刻なものになったことだけは確かなことだった。食事の量が半分になる。今まで通りの量で二人で食べれば、三日持つところが、その半分しか持たないことになる。

とりあえず、残った乾燥米のうち、ひと握りを粥《かゆ》にすることにした。粥の中に、非常食の甘納豆を十つぶ入れて、スプーンでつぶしてかき混ぜる。御馳走《ごちそう》であった。一杯分残しておいた、コーヒーと砂糖を男に飲ますことにした。

「おい」

梅津は、男を寝袋《シュラフ》ごと起こし、唇に、熱いコーヒーの入ったコッフェルの縁をあてがった。

「飲め、熱いぞ、身体が暖まる」

湯気の中に鼻をうめ、男は時間をかけてコーヒーを飲みほした。

「ここに粥もある。自分で食えるか」

男は首をふった。

梅津は、スプーンで、男の口まで粥を運んでやらねばならなかった。男は、貪《むさぼ》るように、音をたててそれをすすった。

「もうないのか」

「ああ」

「もっと欲しい。腹が減っているんだ」

「これしかないんだ。食事をきりつめないと、おれたちは生きて帰れない。きりつめてさえ、助かるかどうか分からない」

「助からなくていい」

男は、半開きの目を梅津に向けた。

「そこにまだあるじゃないか」

「これはおれの分だ」

「おれの方が弱っている。おまえの分をおれにくれ」

梅津は、瞬間、その言葉の意味が分からなかった。

「おまえの分をおれにくれ」

また言った。

「――」

熱いものがこみあげかけたが、梅津は急に男が哀れになった。ひどい目にあって、自分のことしか考えられなくなっているのだろうと想った。

「よし、あと少しだぞ」

三分の二ほどあたえると、男は黙って眠ってしまった。

寝袋《シュラフ》を男にあたえたため、梅津はありったけの衣服を着込み、ザックの中に足を突っ込んで眠った。

顔のない母の夢を見た。

梅津は、母のそばへ行こうとするのだが、どうしても近づけなかった。ひどくなつかしく、近い風景であるのに、何か見えない壁があってそこにとどかない。その壁を壊しさえすれば、母の顔も想い出せ、触れることもできるのだと想った。夢の底で、力んでいる自分の肉体だけが意識された。

岩を登る途中で、どうにも身動きできない状況にも似ていた。自分だけが汗をかき、どうしても山に近づけない。

その姿は、時々、流産した子供を抱えた妻の姿にも変わった。

6

四日目、吹雪の音で梅津は目を醒《さ》ました。

目はまだ開けない。

梅津は考える。

あと残っている食料は、ポケットに入れた甘納豆が十二つぶと、板チョコが一枚、かまぼこが半分、レモンが一個、乾燥米がひと握りほどだった。本来なら、それがあと三日分の梅津の食料である。

今日中に吹雪がやめば、梅津は独りでも明日中に上高地まで下るつもりだった。飢えてはいたが、大事にしていた体力はまだ残っていた。弱った肉体で、新雪のラッセルを一日続けるのは自殺に等しかったが、どんな思いをしてでもやり遂げるつもりだった。

梅津は、自分の体力の限界を正確に把握していた。なんとか、自分はその仕事をやれるだろう。自信はある。そうして救助隊に男のことを頼むしかなかった。ふたりの人間の生命《いのち》がかかっているのである。

「おい」

傍で男の声がした。

「起きているんだろう」

「ああ」

「腹が減った」

「がまんしろ」

「だめだ。腹が減って一晩中眠れなかった」

嘘だ、と梅津は想った。夕べ、男のいびきを聞いているのである。だが、そのことは言わなかった。代わりに男の名を聞いた。

「藤本一というんだ」

「ふじもとはじめ？」

「そう。あんたは」

「梅津忠人だ」

「梅津さんか」

低い、ぼそぼそとした声で、藤本と名のった男は礼を言った。

「どうしたんだ」

昨夜《ゆうべ》のことを聞いた。

「遭難さ」

「独りで？」

「そうだ」

「涸沢《からさわ》からか」

男は答えなかった。

少しの間をおいて、わざとらしい寝息が聞こえてきた。あからさまな拒否だった。

昼、食事を終えたとたん、男は、なんでこれしか食わせないのか、と梅津に詰めよった。梅津が、全部の食料を出して説明しても納得しなかった。もっと食い物を隠しているのだろうと言った。

「おれが眠っている間に、おまえは独りでそれを食っているのだ」

目つきがおかしかった。

くぼんだ眼窩《がんか》の底で、瞳《ひとみ》が異様に輝いていた。

「いいか、今日中に吹雪がおさまらなければ、おれたちは死ぬかもしれないんだぞ。あとは助けを待つしかないんだぞ。自分の生命を他人にあずけることになるんだ。山の男として、こんな情けないことはないんだ」

声が大きくなった。今、男の内部で芽生えつつある狂気の兆候を、なんとかしておさえたかった。

「分かった」

と、男は言った。

「分かったよ、梅津さん。あんたの言う通りだ。がまんするよ」

梅津はほっとした。

やけにあっさりとした男の言葉に、肩の力がすぐにはぬけなかった。

吹雪さえやめばいいのだ。吹雪さえやめば、男の狂気もおさまるだろう。

「もう寝る」

男は上半身を倒し、目をつむった。

吹雪は、夕刻を過ぎてもおさまらなかった。


夜半——

梅津は目をさました。

物音がする。

吹雪の音に混じり、おし殺した、動物じみた息づかいが聞こえていた。

横で寝ているはずの男の姿がなかった。

——まさか。

不吉な予感が背を走った。

テントから出る。

部屋の隅で、何ものか蠢《うごめ》く気配があった。懐中電灯を点《つ》けると、そこに、黒い、丸いものがうずくまっていた。

藤本の背中だった。

「何をしている」

肩に手をあてて引き起こした。

暗い光の中に、振り向いた藤本の顔が、幽鬼のように浮かびあがった。凍傷で茶っぽくなった顔が歪《ゆが》んでいた。歪んだ面肉《おもにく》の奥で、目だけが異様に光っていた。

赤い舌が、ナメクジのように唇のまわりをなぞった。舌が口の中で音をたてる。

藤本は、口のまわりにくっついたチョコレートをなめているのだ。

「へへへへ」

ひきつった笑い声をあげた。

「はは、食ってやった。食ってやったぞ。あんたの食い物をみんな食ってやったんだ」

藤本は肘《ひじ》と膝《ひざ》で、這《は》いずりながら、梅津の手をのがれた。けもののように四つん這《ば》いになったまま、乱れた髪の間から梅津を睨《にら》む。

藤本を殴ろうとしてあげかけた手を、梅津は止めた。

情けなかった。みじめというよりくやしかった。初めてくやしいと想った。

食料を盗まれ、ラジオが壊れ、なんとかここまでやってきたのがこのざまだ。

今ここで藤本を殴れば、くやしさがみじめさになり、自分は、それっきり生きる努力をやめてしまうだろうと想った。

藤本は、笑いながら這いずってテントにもどっていった。

梅津は立ったままだった。

藤本への、冷たい哀れさだけが残った。藤本への怒りが、絶望的な山への怒りに変わった。

梅津は黙ってテントに入り、藤本の横に寝た。

藤本が寒がりだしたのはまもなくだった。

「寒い寒い」

歯がガチガチ音をたてていた。

急な興奮がさめて、肉体の最後のバランスが崩れたのか、異常な寒がり方だった。

「火を、火を」

しきりと火を欲しがった。

しかたなく、梅津は羽目板を燃やした。焚《た》きつけの代わりに、残り少ないガソリンを使わなければならなかった。

いくら火を焚いても藤本は寒がった。

火のそばへつれていってもだめだった。子供のようにだだをこねた。

夜明け近くなって、「寒い」の他に、意味をなさないうわ言を言うようになった。

「おい、助けが来たぞ」

藤本は上半身を起こし、寝袋《シュラフ》から両手を出した。

「聞こえないのか。呼んでいるぞ」

梅津は耳をすましたが、聞こえるのは吹雪の音ばかりだった。

「気のせいだ。落ち着けっ」

肩をおさえた。

藤本は梅津の手をはらい、

「ばかな、こんなにはっきり聞こえるじゃないか」

「落ち着くんだ」

とたんに、藤本は信じられないくらいの力で、梅津を跳ねとばした。

「おおい！　ここだ、おれはここにいるぞ！」

起きあがり、床に置いてあったピッケルをつかんだ。靴下のまま下に降りると、ピッケルでこじり、引き戸を開けはなった。

冷たい風と共に雪が舞い込み、炎が勢いを増して燃えあがった。

藤本は、よろめきながら外へ出て行った。

靴をはき、梅津があわてて外へ出た時には、藤本の姿はなかった。

「藤本！」

梅津は、雪についた踏み跡をたどって行った。

時間的には日の出前だったが、外はもう薄明るかった。

「もどってくるんだ！」

振り返ると、小屋のあかりがもう見えないほど、梅津と小屋との間に、雪の直線が舞い狂っていた。梅津自身の足跡も、風と雪のため、いくらもしないうちに消えてしまいそうだった。

足を踏み出しかけ、梅津はあわてて跳びのいた。すぐ足元で、藤本の足跡が消え、そこから先が、急に飛騨側へ向かって落ち込んでいたからである。誘われるように、梅津自身もそこから落ちるところだった。

藤本は、ここから落ちたにちがいなかった。

梅津は引き返した。

ぐん手をはめただけの手に、ようやく気づき、その手をポケットに入れると、何かあたるものがあった。

十二つぶの甘納豆だった。

7

五日目の朝が明けた。

また梅津独りになっていた。

——朝食。

凍った甘納豆を三つぶコッフェルに入れ、雪を溶かしてそれで煮込み、スプーンでつぶしてそれをすすった。

午後にまた三つぶを食べ、それで一日分の食料が終わった。

六日目——最後の食料が尽きた。

状況は、これまで梅津が経験したどんな時よりも苛酷《かこく》なものになっていた。

寒さが次第にきついものになった。

夜には一晩中歯の根が鳴った。体力が急速におとろえているのだ。寒さで眠れない、眠れないから体力が落ちる、体力が落ちると寒さがより厳しいものになる。

全ての食料が尽きた以上、死は時間の問題であった。

衣服のありったけを着込み、寝袋《シュラフ》に入っても、生き物のように寒さが忍び込んできた。

七日目に、彼は幻聴を聞いた。

吹雪の音に混じり、誰かが呼ぶ声がするのである。

梅津は夢中で戸を開け、雪をかきわけて外へとび出した。

真っ白な世界が無茶苦茶にどよめいていた。

「おおい」

梅津は叫んだ。

「おおおおおおおおい！」

風が、声を口元から吹きちぎっていく。

「こっちだ。おれはここにいるぞ！」

風が鳴った。

ものすごい力が梅津をおし倒そうとしていた。

幻聴だったのだ。

梅津はゾッとした。

小屋へ入って、戸を閉めた時には、体力のあらかたがなくなっていた。

それからも、人の呼び声のような幻聴がふいにおこった。それは、彼をねめつける藤本の声だったりした。

「おれはまだ正気だ」

梅津は何度もつぶやいた。

つぶやきながら、小屋の中をあさり、いつのものか分からぬ、ひからびたレモンの輪切りやミカンの皮を見つけ、それをコッフェルで煮て食べた。

何がなんだろうと生きぬいてやる。

肉体の奥に、燠《おき》のような執念が燃えていた。生きる、というそのことよりも、ケンカに勝つということだけが頭にあった。

八日目。

幻聴がひどくなった。

それは、何の脈絡もなく訪れ、梅津自身も、いつの間にかその会話に参加していたりする。

幻視もあった。

子供を抱いた妻が現われ、しきりと梅津に呼びかけた。

子供が乳を飲まない、血を吐いて困ると梅津に訴える。

それにぶつぶつつぶやきながら答えている自分の声に気づき、妻も死に子供も流産していることをようやく想い出すと、妻の声はやっぱり吹雪の音に変わっている。

夕方近く、声に誘われて外へ出、やっとの思いでもどって来た時には、体力の最後のひとしずくまでがしぼり出されて消えていた。

晩になり、悪夢はしきりなしに梅津をおそうようになった。

「しっかりして下さい」

梅津が薄目を開けると、そこに若い男が立っていた。

「ごめんなさい。食料を食べてしまって――。ぼく、心配でここまで様子を見に来たんです。食べ物を持って来ました。さあ、食べてください」

暖かな湯気のあがっている器を差し出す。

梅津が手をのばそうとすると、その姿がふっと消え、暗い天井にどっと吹雪がたたきつけた。

寒かった。

――寒いうちは死なない。

寒いうちはまだ生きていられる。

今は寒さにすがりながら、梅津は細い呼吸をくりかえした。

8

夜がいつの間にか明けたようだった。

梅津は、自分の身体が、もうほとんど寒さを感じていないことを知った。むしろ、暖かい湯のようなものの中に漂っているような錯覚があった。

――おれは死ぬのか。

梅津は想った。

死ぬのは恐くなかった。

やるだけはやったのだ。

ここで死ぬのが自分の天命ならそれもよかろう、と、人ごとのように考えた。

死ぬなら死ぬで、最後までがんばってみるつもりでいた。とにかくは、まだ生きているのだ。

耳をすました。

吹雪の音はなかった。

――吹雪がおさまったのだろうか。

起きあがろうとしたが、気ばかりで身体が動かなかった。

まぶたまでが他人のもののように動かない。

「忠人」

母の声がする。

「あんたはおれのかあさんじゃないよ」

母の平手打ちがとんだ。

泣いているのは母の方だった。

――ごめんよ。

おれが、わがままですねてただけなんだ。

――なんで泣くの。

――おれはいい息子じゃなかった。

ひと言あやまっておきたかった。

目の前に膝《ひざ》があった。膝の主には顔がなかった。

――誰でもいい。

そこに倒れ込めば、全てが終わるのだ。許してもらえるのだ。おもいきり泣いてもいいのだ。

深い安堵《あんど》感《かん》――

「梅津忠人さん」

誰かの声がする。

「起きなさい」

優しい声だった。

——かあさん?

目を開けると、女の顔が梅津をのぞき込んでいた。

「気がついたようね」

女が言った。

赤いオーバーヤッケを着ていた。

化粧していない顔の肌が異様に白く、唇が赤い。

「ああ」

梅津は意味のない声をあげた。

これも幻なのだと想った。さもなければ夢を見ているのだ。それなら返事をするだけソンだった。

「消えてくれ」

梅津は目を閉じた。

「ちがいます」

柔らかいものが梅津の頰をたたいた。

「私は幻ではありません」

目を開ける。

女が、梅津の顔をたたきながら首のうしろに手を入れ、上半身を起こした。

「あなたを助けに来たのです」

「助けに？」

「これからあなたに〈力〉をあたえます。分かり易いように、〈力〉を飲み物のかたちに変えてあります。これを飲めば元気になるでしょう」

女は、梅津のコッフェルを差し出した。

梅津が手に取ると、それは暖かかった。

「飲んで下さい」

梅津は、ゆっくりと口をあて、まずひと口だけ飲んだ。

さわやかな、甘い味だった。

「それを全部飲めば、あなたが元もと持っているはずの〈力〉がもどってきます」

その液体は、暖かいだけなのにもかかわらず、ひどく熱っぽかった。カラシを熱く感ずるのよりは、ずっと舌になじみ易く、その感触は、むしろ酒に近いものだった。

もうひと口飲むと、最初に液体に触れた、唇、舌、のど、腹の順にその熱いものが浸透していくのが分かった。

梅津は、残りをいっきに飲み干した。

信じられない早さで、肉体《からだ》の中に力が満ちていくのが感じられた。細胞のひとつずつが貪欲《どんよく》に力を吸収した。綿が水を吸い込むのと一緒だった。

寝袋《シュラフ》に入ったままの下半身が、熱苦しく感じられた。汗さえかきはじめているようだ。

同時に、たとえようもない空腹感が梅津をおそった。腹が、おそろしく健康そうな音で鳴った。

足を引きぬき、テントから出ると、梅津は、信じられない、といった顔つきで立ちあがった。

自分の体調を、完全にベストのかたちにしあげられるとするなら、この状態がそうだろうと想った。

ポロシャツでエヴェレストをやっつけることさえできそうだった。

「いかがですか？」

女が言った。

「最高だ」

跳びはねようとした梅津は、ふらりとよろけた。

「だまされてはいけません」

「だまされる？」

「はい。今の状態は完全ではありません。あなたの肉体は弱っています。弱っているなりに、持てるだけの〈力〉をあたえただけのことですから——」

梅津に、ようやく女のことを考えるだけの余裕がもどってきた。

女を見る。

まるで年齢のわからない顔つきだった。

「吹雪は——」

　と梅津は言った。

「吹雪はやんだのですか」

「はい。今朝にはやんでいました」

　と女が答えた。

「もう夕方になります」

　たしかに部屋は薄暗かった。丸々半日、梅津は生死の境をさまよっていたのだ。

「助かりました」

　と梅津。

「まだお礼も言ってなかった」

「お礼はいいのです」

　女は、正面から梅津の顔を見すえた。

「そのかわり、こんどは私を助けていただきたいのです」

「遭難したのか」

「いいえ」

　女はきっぱりと言った。

　奇妙な女だった。年齢が分からないだけでなく、こんな場所で出会うには華奢《きゃしゃ》すぎる身体をしていた。めったにない、八日も続いた猛吹雪のあと、外からこの小屋へ来たらしいというのに、少しのやつれさえ見あたらなかった。

「おれにできることか」

「おそらく」

「おそらくとは」

「死ぬ危険性もあるということです」

ほとんど表情を変えずに女は言った。

「可能性としては、五分と五分です」

「どんなことなんだ」

「ある山に登っていただきたいのです。それも、これからすぐに」

「山か」

山なら梅津の分である。死ぬ危険性もあると女は言ったが、それならどんな登山にだって——下界にいてさえついて回るものである。

「お願いします」

女は梅津の手をとった。

梅津は、はじめて、この女の無表情さが、せっぱつまったもどかしさを、必死でこらえていることに原因するものであることを知った。

「ちょっと待ってくれ。おれにはどうもよく分からない。あんたの知りあいが、近くの山で遭難しかけているのか。そうなら、状況しだいだが、できるだけのことはする」

「そうではないのです」

女の手に力が入った。

「そうではありませんが、ひとつの生命の生き死にに関することなのです」

「その生命のために、おれの生命をかけてくれと言うのか」

「そうです――。あなたは、この話をことわってもかまいません。もともと、強制したのでは意味のないことなのです」

女は、梅津の手を放し、目をふせた。

「引き受けていただいた場合でも、事がすむまでは、くわしい説明をしてあげられません。今も言いましたが、説明したのでは、意味がなくなってしまうのです」

「おれは、あなたに生命を助けてもらったのも同然だ。まだ生きて帰れると決まったわけじゃないが、その借りはかえしておきたい」

「では、引き受けていただけるのですね」

「ああ」

「あなたが相手にするのは、未登攀《とうはん》の岩壁です。そのためには、まず槍ヶ岳の頂上まで行かねばなりません」

「――――」

「このことで、私はあなたを試させていただきました。そのことをここでおわびしておきます。少々アクシデントはありましたが、あなたは期待通りの方でした」

「試した？——このおれをか」

「すみません。今は説明できませんが、とりあえず、これを受け取って下さい。雪も締まっていることでしょうし、あなたの準備ができしだい、出発したいと思います」

女がうながした方を見ると、そこに、ハンマー、カラビナ、ハーケン、ザイルのひと通りがそろえられていた。そして、その横には、藤本が持って行ったはずの、梅津のピッケルがころがっていた。

「これは——」

「アクシデントを修整したのです」

女は、さらにピッケルの横を指で示した。

そこには、チョコレート、コーヒー、砂糖、レモン、乾燥米が、きちんと並べて置いてあったのである。

9

外へ出た。

ぬけるような天空の広さが梅津を包んだ。

ものすごい星だった。

頭上の、透明な闇の底一面に星がきらめいていた。空全体が、むき出しになって、梅津を中心におそいかかって来た。寒気が、きりきりと梅津の身体をしめあげる。それが、かえって気持良かった。

吹雪は去り、おそろしいほどの静寂が大気の中に満ちていた。

尾根へ出る。

アルプスの峰々が、谷にわだかまった雲海の上に、白く島のように浮かんでいる。はるかに、富士山、八ヶ岳《やつがたけ》も遠望された。雲海によって地上から隔離された、まったくの別世界だった。

アイゼンの下で、締まった雪が小気味良い音をたてる。

女が梅津の後から登って来た。

この雲の上にいるのは、この女と自分だけにちがいない、と梅津は想った。

ごつい、岩の連なりの上に梅津は立っている。ここは、地球の骨が、宇宙の底にむき出しになっている場所だ。その稜線《りょうせん》から、梅津は、上半身を星の世界にさらしているのだ。

静かだった。

わずかの風もなかった。

石のように自分の存在が意識された。地球という遊星の表面に、自分独りがぽつんと取り残されてしまったようだ。

荘厳な星空の下に連なる、飛騨山脈の山群。

天と地との沈黙の儀式。

梅津は、ふいに不思議な想いにとらわれた。

山とは、地が天へとどこうとする意志なのではあるまいか。ここに群れる頂は、天にとどこうとしてとどくことのできなかった死体の群なのだ。

頭上にさざめく星のひとつずつも、何かしらの山の頂であるような気がした。島や大陸が、海の底ではつながっているように、星とこの大地も、宇宙の底でつながっているのだ。

梅津は、自分の肉体の奥にかくれていた秘密を見たように想った。

——山へ登るというのは、天へかえろうとする儀式なのかもしれない。

今まで、ケンカ相手とばかり見てきた、その山のあり様に、梅津は、自分が郷愁にも似た念を抱きはじめているのを知った。

吹雪との戦いをくぐりぬけて、梅津の中で、何ものかが変わりはじめていた。

——こんな山の姿を見たものだから、おれはいくらかおかしくなっているのだ。

「どうしました?」

すぐ後ろに女が立って、槍ヶ岳の方角をにらんでいた。

「何でもない」

と、梅津は言った。

稜線の先で、槍の穂先が、星の海につきささっていた。

——しっかりしろよ。

梅津は自分にむかって言い聞かせた。

今はただ、おれはおれのケンカに勝つことだけを考えればいいのだ。

「行くぞ」

梅津はザックをゆすりあげ、足を踏み出した。

10

槍ヶ岳。

三一七九メートル。

その穂先の部分は、急斜面と風のため雪がつきにくく、どんな厳冬期でも、白と黒とのまだらの衣をまとっている。

せまい頂上の端に、雪をかぶった小さなほこらがあり、そのわきに梅津と女は立っていた。

さえぎる何ものもない三六〇度の空間が、ふたりを中心に広がっていた。

東の雲海の上に、月が昇っていた。

月光が雲のへりを照らし、青い陰影が幾重にも重なりあい、深海の風景を思わせた。

ゆっくり雲が動いている。

風が出ていた。

「ここが槍の頂上だ」

と、梅津は言った。

あとはどうすればいいのだ、という目で女を見た。

「後ろを――」

女が低い声で言った。

梅津はゆっくり後ろをふりかえり、息を飲んだ。

「これは」

のどの奥が、かすれた笛のような音をたてた。

さっきまで何もなかった飛驒側の空間に、巨大な岩峰がそそり立っていたのである。

本来なら、小槍《こやり》のつき出ているあたりの場所から始まり、その岩峰は、左俣谷《ひだりまただに》を埋め、北穂高岳のあたりまで広がっていた。十キロほど離れた、槍ケ岳と笠《かさ》ケ岳《がたけ》との間の空間を、その岩峰がすっかりおおっていたのである。

しかも、その岩峰は、槍の頂上から見上げねばならないほど、高かったのだ。

これは夢なのだ、と梅津は想った。

これは悪夢の続きで、おれはまだあの小屋の中で倒れているのだ。

こんなものがあるはずがない。この規模からいくと、その頂上はまちがいなく富士山より高い空間に位置しているはずだった。

遠くで落石の音がした。

北鎌尾根《きたかまおね》の方だ。暗い千丈沢《せんじょうざわ》の闇に飲み込まれ、その音はすぐにやんだ。あまりにリアルな音だった。

石が、自分の腹に落ち込んだように、梅津は我にかえった。

岩峰の上から、風が吹き降りて来た。おそろしく冷たい風が、梅津の顔をこすりあげた。その冷気のすごさに、むしろ焼きごてをおしあてられたような、熱い感触があった。

〈あなたが相手にするのは、未登攀《とうはん》の岩壁です〉

女の言葉を想い出した。

梅津の身体は、おこりにかかったように震えていた。

——なんだ。

——震えているのか、このおれが。

「恐いのですか」

女が、ぞっとするほど優しい声で言った。

笑うように、赤い唇がすっと開き、白い歯がのぞいた。

「こいつはさっきまでなかった」

「——」

「これは夢だ」

「——」

「おまえは何だ？　化けものか？」

「おやめになりますか」

静かに女が言った。

その表情に、梅津は嘲笑《ちょうしょう》の色を見たように想った。

「なに」

梅津の顔が熱くなった。

「誰がやめると言った」

――くそっ。

梅津はうなった。

これは新手《あらて》のケンカなのだ。山が、おれの生命《いのち》とひきかえにふっかけたケンカなのだ。

ここを登れるなら登ってみろ、登れたなら生命を助けてやる――早い話がそういうことなのだ。それならそれでいい。夢なら夢でかまわない。何であれ、おれは逃げやしない。

梅津は黙って装備を身につけはじめた。

壁をにらむ。

雪はついていなかったが、かわりにおそろしく冷たそうな岩肌があった。雪より冷たいにちがいない。

「登ればいいのだな」

梅津が言った。

「はい」

女が答えた。

「登ってどうする」

「登るだけでいいのです」

「登るだけ？」

「登れる所まで登って、それより高い所がなくなれば終りです」

「そうか」

それが、何かの生命を助けることになるのだな、と梅津は想った。

自分は、こいつを登ることだけ考えればいいのだ。

梅津は、岩の表情を読もうとした。

足場や手がかりは十分ありそうである。二十メートルは直登《ちょくとう》できそうだった。そこに簡単なテラスがあり、その上から岩がオーバーハングしている。ハーケンを使い、そこを左に巻けば、ハングの上に行けそうだった。しかし、そこから先は見えなかった。

「どうなっているんだ」

梅津は女に聞いた。

「分かりません」

「分からないって、壁の全体がつかめなければ、やっつけようがない」

「もう、あなた自身の戦いです」

きっぱり女は言った。

「分かった」

もともと自分独りのことだ。梅津は腹をすえた。

岩を登るのはパーティーを組むのが普通である。少なくともふたり、多ければ何人かで。それを、梅津は今まで独りでやってきた。パーティーを組んだのは、技術を習得するまでの、ほんの短い期間だけだった。

しばらく岩をながめ、それから梅津は飛驒側へ少し下り、ないはずの岩に手をあてた。しっかりした手ごたえがかえってきた。

「よし」

登りはじめた。

両手両足、四点のうち、常に三点を確保しながら、残りの一点を手がかり足がかりへと移動させながら登っていく。岩登りは、基本的にはその積み重ねである。

岩壁から、両手で身体をつき離すようにしながら、重力にさからって、自分の体重を上へ上へとのし上げていく。

ハーケンを使わずに、最初のテラスへたどりついた。そこは、独りがようやく腰を降ろせるだけのスペースしかなかった。座ると、両足が下へぶらさがった。

梅津は下を見降ろした。

二十メートル下にあるはずの、槍の頂が消えていた。槍ばかりではない。回りの風景の全てが姿を消していた。

あるのは、暗黒と、梅津を中心に、上下へ果てしなく続く岩の壁ばかりだった。

垂直に近い無限平面の中途に、梅津の身体が、ごみのように付着しているのだった。

11

時間の感覚が失《う》せていた。

もうどのくらい登ったのだろうか。

登るごとに、そこから下の岩が消えていった。登山靴の下方一メートルのあたりから、岩が薄れ、暗黒へと溶けている。

突然、握った岩が、こぶし大の大きさでころげ落ちた。

あやうく、くずれそうになったバランスをたてなおし、呼吸を整えて別の手がかりを目でさぐった。

あった。

そいつに右手の指をかけると、あっけなくくずれ落ちた。

急に岩がもろくなったようだった。

《やめろ》

その声は、梅津の頭に直接響いた。
《やめるんだ》
強い力を持った声だった。
しかも、どこかで聞いたような。
《そこは俺の領域だ、そこより上へ行くことはならぬ》
「なに⁉」
置き所のない右手を、胸近くの岩にあて、ゆっくり周囲を見回す。
《そこより上へ行くことは、俺の神聖を汚《けが》すことになる》
「誰だ？」
《ぬし、あの女にたぶらかされるなよ》
「何のことだ」
《ここは人の立ち入る世界ではない》
「おまえの声、どこかで聞いたことがある」
梅津は、そろそろと右手を上の岩へと這《は》わせた。
《むだだ》
その岩のでっぱりが、梅津の手の中で男の顔に変わった。
「藤本！」
右手の中で、藤本一の顔がニヤリと笑った。

《はは、久しぶりだな。帰れ、帰れ。ここまで来ちまったなんてな。小屋《あそこ》でくたばってもらうつもりだったのに――》
　からからと笑いながら、藤本の顔が闇の中へ落ちていった。
《どうだ》
　再び頭の中に声が響いた。
《おまえが、ここで帰るというなら、俺が責任をもって下まで帰してやろう》
「――――」
《考えているのか。いいだろう、俺にとってもその方が都合がいい。いいことを教えてやろう。おまえが今さしかかっているのは、この日本列島の最高地点だ》
「まさか」
《――三七七六メートル。おまえだって知っているはずだ》
「富士山！」
《そうよ、俺はおまえ達から富士山と呼ばれている〈もの〉だ》
　梅津が驚いた隙に、心の中に何かが飛び込んできた。
「しまった」
　それは、でたらめな、巨大な意識の奔流だった。
　それは、憎悪と、より高い場所への志向とが混濁となったものだった。
　死ね――

と、その意志が、梅津に叩《たた》きつけた。

死ね。

死ね。

死ね。死ね。死ね。死ね。死ね。

脳が、つかみ出されそうな、強い力を持っていた。

死にたくない。

と、それは言った。叫んでいた。

何故俺が死なねばならぬのか。

それは、怒っていた。哭《な》いていた。

おまえさえいなければ。

咆《ほ》えた。

どろどろとした、黒い塊が、内側から梅津を飲み込もうとしていた。

強烈な自我の塊。

暗黒が梅津を包んでいた。

憎悪の渦が、梅津を岩壁からひきずり落とそうとする。

憎悪は、表面上は梅津に向けられていたが、その奥には、他の何ものかに対するさらに激しいものがあった。

岩にあずけている、梅津の両手両足の感触だけを残し、他のいっさいの感覚が消え去った。同時に、岩壁の映像も消え、バランスを保つための重力感覚も失せていた。

世界が回った。

上なのか下なのか横なのか、全てが分からなくなった。

梅津は目を閉じた。閉じたままで考える。

手を離せば落ちる。上は、あくまでも、自分の肉体《からだ》の位置関係で知るしかなかった。

とにかく上へ行くことだと想った。

さっき、岩がこそげた地点、あそこが三七七六メートルの高さなのだ。藤本の〈力〉がどこまでおよんでいるかは分からなかったが、おそらく三七七六メートル前後なのだろう。そこより高い所へ、手がとどきさえすればなんとかなるかもしれなかった。

両手両足に気を集中させ、岩の堅い部分のできるだけ上の所に、手さぐりでハーケンを打ち込んだ。それに体重をあずけ、伸びあがり、伸ばせるだけ手を伸ばした。

指先が岩ので っぱりに触れる。そろそろと体重をかけていく。その岩がこそげ、梅津の肩へあたった。

アメーバーの触手のように、もう一度手が伸びる。さっきよりは、わずかに上のでっぱりを見つけた。

指二本さえ岩にかかれば、梅津はなんとか自分の体重をずりあげることができた。それだけの訓練はしてある。

今度は、さっきよりもずっと慎重に体重をのせる。全体重がかかった。

頭の中で、藤本の悲鳴があがった。

いっきにそこを越えた。

ゆっくり目を開ける。

再び岩盤が目の前にあった。

梅津は大きく喘《あえ》いだ。

岩のあたった右肩に、鈍い痛みがはねた。

12

その岩盤は、奇妙な性質を持っているようだった。

三七七六メートル地点から、その奇妙な性質がさらに激しいものになった。

岩盤が、梅津の気分しだいで、自由にかたちを変えるのである。まるで、梅津の心を映す、鏡のようなものだった。

オーバーハングにかかる。それがきつそうだな、と梅津が想うと、角度がさらに急になった。

逆に、楽そうな場所になると、いたる所に手がかり足がかりが増えた。自信がわく。

おもしろいように手が伸びる。

「こいつは生き物じゃないか」

梅津は想った。

こいつは、まるで、おれ自身のようだ。おれは、おれ自身を登っているのだ。

登り続け、梅津は休息をとった。

天と地との間に、垂直の岩だけがあり、他には何もない。時間さえ普通でなかった。

本来なら、とっくに陽が昇っている頃である。何時間、いや、何日間登り続けたのかもはっきりしなかった。

レモンをかじり、チョコレートを食べた。

藤本が食べてしまったはずのものである。

「どういうことなのか」

あの女は「アクシデントを修整した」のだと言った。

藤本のことを言っているのだろうか。それとも、記録的に長く続いた吹雪のことを言っているのだろうか。

その両方かもしれなかった。

梅津は、ふいに想いあたった。

藤本にしろ、女にしろ、梅津に直接的に何かをしたわけではなかった。ほとんどが間接的なものであり、梅津がそうなるようにしむけこそすれ、藤本もじかに危害をくわえたことはなかった。

現に、こうして食料ももどって来ている。

彼らにも、彼らなりの規範《ルール》があるようだった。何ものかの生命をめぐって、梅津を中心に何かが演じられているのだ。考えても分かることではあるまい。梅津は眠ることにした。ハーケンの数を増やし、ザイルで身体を岩に固定した。

夢を見た。

地の深い所で、熱い塊がのたうっていた。

時間的には、一年に数ミリから数センチ、大きくても数メートルくらいの早さであるのが分かった。それを、何十万年分も、いっきに時間を縮めて見ている。

おそろしく巨大なものだ。

盛り上がってはぶつかり、盛り上がってはぶつかって、何かのかたちをとろうともがいている。それがぶつかっているのは、さらに巨大な〈層〉のようなものだった。

産まれる前の赤子が、子宮内で蠢《うごめ》いているようでもある。

いつの間にか、梅津は、自分自身が子宮の中で蠢いているような錯覚に落ち入っていた。それは、甘美な錯覚だった。

山で死ぬ時に、それがどんな死に方にしろ、一瞬の陶酔がどこかにあるなら、これがそうだろうと想った。

山へ登る、天へ近づくというのは、〈母〉へと下りて行く儀式なのだ。梅津は、自分がケンカの名を借りて求めていたものの正体を知った。母とは、女の中にも男の中にも、あらゆるものの中に内在しているものなのだ。

——かあさん。

梅津は、高い所から山群を見下ろしていた。

山は力である。

地が天上を目差し、あこがれがたどりついた空の点が頂である。恨みや、怨念《おんねん》や、はるかな憧憬《しょうけい》を込めて、山の群が、暗い天へむかって吠《ほ》えているのを梅津は聞いた。

ハーケンの音がする。

何者かが、梅津の暗い内部から登って来る。梅津はそれを見下ろしている。

自分自身の中から登って来たそいつと、梅津は顔をつきあわせた。そいつは梅津自身だった。

目を覚ました。

何か、ひどく暖かいものの内部につつまれていた。

もがきながら、そこから顔を出すと目の前に草があった。それは陰毛だった。梅津は女の膣《ちつ》の中から頭を出していたのである。

ずっと上の方に乳房が見えた。

体毛をつかみながら登った。乳房あたりでそれは岩に変わった。何の変哲もない、ただの岩だった。

そこを登りきると、何の手がかりもない、巨大な岩壁が広がっていた。

ハーケンもまるで歯がたたなかった。

――どうする。

考えたとたん、その答えがもうとっくに分かっていることを知った。

ようは、おれ自身の心の問題なのだ。

梅津は、岩壁に対し直角に立ち上がった。

想った通りだった。

梅津は、垂直の岩壁を歩いて登って行った。

頂上に立った。

そこに、女が立っていた。

13

〈ありがとうございました〉

と、女――〈母〉は言った。

〈私は、あなた方が、フォッサマグナ、中央構造線と呼んでいるものです。遠くは、この日本列島から、太平洋を通りフィリピンにまで続いている力が私なのです。二六〇〇万年前に、この島の弧を造り、二〇〇万年前に、それを海上に浮かび上がらせたのが私です。そして、私はさらに大きな力の一部なのです〉

梅津は驚かなかった。

当然のことのように女の言葉を聞いた。

「説明してくれる約束でしたね」

〈はい。あなたもお気づきと思いますが、力そのものには、まだ性質がありません。方向を持って、はじめてそれが力の性質になるのです。力が、意志を持つということです。山は、上への意志を持っている、とあなたが考えたのはあたっています。つまり、これは、「鉄はさびたがっている」という表現が、比喩《ひゆ》以上の意味を持っているということなのです。

現在、地下七十キロの所で、ひとつの力がかたちを取りつつあります。それは、将来、長きにわたってこの土地に影響をあたえていく力です。

それは、やがて、巨大な山岳を形成していく力なのですが、実は、その上に巨大な層があって、力をおさえているのです。本来なら、その力が層を破って上へ向かうはずなのですが、それがうまくいってなかったのです。

原因は、あなた方が富士山と呼んでいる力にありました。

彼はまだ生きています。つまり、まだ高くなる可能性を持っているということです。

彼自身も、私の子供のひとりなのですが、彼は、この新しい私の子供、力に嫉妬《しっと》したのです。というのも、新しい力が山を形成しはじめると、富士《かれ》へまわるはずの力が、そちらへと集中し、彼自身の生命を縮めることになるからです。

この新旧の交代は、普通ならばスムーズにいくはずだったのですが、それがうまくいきませんでした。その原因は、どうやらあなた方人間にあったのです。

たまたま、富士がこの地域で一番の高峰であり、存在も特殊であったことから、霊峰とあがめられているうちに、あなた方の悪い波動を受けて増長してしまったのです。

元もと、我々と生物とは、影響を受けあっているのです。この土地にはこの土地らしい植物や動物、文化が生まれ、他の土地には他の土地らしいものが育っていくものなのです。それは、決して一方的なものではありません。

新しい力は、あなた方の言葉で言うなら、いじけてしまいました。本来なら破れるはずの層を破れず、少しずつ、力の流れの方向が変わっていきはじめたのです。

なんとかしなければ、新しい力がねじまがり、私の存在そのものまでが、在り方を変えてしまいます。

あなた方にとっても、それは望ましくない結果を生むでしょう。

ようは、力そのものではなく、質の問題でした。

それで、あなたに助けていただいたのです。あなたは、みごとに役目をはたしてくれました〉

「まってくれ」

梅津は女の言葉をさえぎった。

「なんでこのおれを選んだのだ。他に適任者はいなかったのか。おれは、スプーンもまげられない、ただの男なのに——」

〈あなたは、まず近くにいました。それを別にしても、あなたは適任者としての資格をそなえていました。人間、独りずつの力そのものは、我々から見れば、ほとんど変わりのないものなのです。必要だったのは、生きる、という意志、あなた流に言えば「ケンカに勝つ」という意志だったのです。仮にあなたの専門が絵であったのなら、私は、あなたに絵を描いていただくというかたちをとったでしょう。それに、あなたと新しい力とは、相性がよかったのです。おかげで、あなたの意識と彼の意識の一部とを同調させるのは楽でした。あなたが登ったのは、まだ生まれる前の山だったのです。順調にいけばそうなるはずである、未来の彼の姿だったのです〉

梅津は、槍の頂上から見た風景を想い出していた。

槍から笠《かさ》にいたる、巨大な質量の岩峰。

それすら、全体のほんの一部分なのだ。

その頂に、今、梅津は立っている。

〈途中、富士のじゃまが入りましたが、あなたのおかげで、閉じていた産道も開いたようです〉

女の顔が、かすかに笑った。

美しかった。

梅津は、はじめて、女に色気のようなものを感じた。

梅津は顔を赤らめた。

女がまた笑った。

〈きっと――〉

と、女は梅津を見やった。

〈きっと、この山は、あなたに似た山になることでしょうね〉

女と梅津とを残し、何もかもが、急速に薄れていった。

女が、つと寄って、梅津の唇に柔らかな唇をおしあてた。

女は、離れて梅津の前に立った。

〈こういうかたちの方が、あなたには分かり易いでしょう。今、あなたに、ここで使っていただいた分の力をお返ししました。それだけあれば、あなたなら、なんとか帰れるでしょう〉

微笑した。

梅津は、このフォッサマグナを、可愛い、と想った。

〈ありがとうございました。あなた方の時間で言うなら、およそ四〇万年後、この場所を中心に、すばらしい山脈がそびえていることでしょう。あなたに似た――〉

と、女は言葉をきって微笑んだ。

〈あなたと私の子供です〉

女の姿が消えた。

14

陽光のまぶしい、槍の頂上に、梅津は立っていた。

腹はへっていたが、元気だった。

右肩が痛かった。

冷たい風が頬を打った。

今日中には、徳沢《とくさわ》までは行けそうだった。

「四〇万年後か」

梅津は、つぶやいて空を見上げた。

ぬけるように蒼《あお》かった。

「ふふん」

苦笑いをした。

すがすがしい、照れくさいような、ヘンな気分だった。

頂を下りる前に、梅津はもう一度、底に山を連ねた、全天のすばらしい空間を眺望した。

ケンカに勝ったのだな。

そう想った。

＊　＊　＊

わたしは、この土地の氏神《うじがみ》ですが、今晩氏子の一人が陣痛《じんつう》をおこして、わたしに助けを乞《こ》いました。しかし、その陣痛はなかなかひどくて、とてもわたし一人の力では、その氏子を助けられないことが、すぐわかりました。それで、あなたのお力と勇気とをお借りしたいと思ったのです。ところで、あなたの手にお預けしたのは、まだ生れていない子だったのです。

——ラフカディオ・ハーン

「梅津忠兵衛の話」より

角川文庫『怪談・奇談』田代三千稔訳

ところの首

1

ひとをからかうのはおもしろい。

友人と、そこにいない誰かの悪口を言うのもまた実に楽しい。

とくに意味などはない。

おもしろいからやるのである。

気の合った仲間と、鍋《なべ》をつつき、酒を飲みながらの他人の噂話はもう最高である。これほど楽しい娯楽は、ちょっと他にないのではないかと思う。

少なくともおれはそう思っている。

もう少し具体的に言ってしまおうか。

おれたちサラリーマンにとって、気心の知れた同僚と、酒を飲みながら上司の悪口を言うというのは、何ものにもかえられないお楽しみのひとつなのである。

悪口、と言っても、ただ悪口を言うだけではつまらない。できるだけおもしろく、その場がどっと盛り上がる悪口がいいのだ。どう話をねじ曲げようと、どう誇張しようと、むろんそれはかまわない。

相手がおもしろい冗談を言うと、もっとおもしろい冗談を言いたくなるのが人間であり、悪口にも熱が入ってくる。

燃えてくるのである。

相手よりもっときつい冗談を言ってやろう、もっとひどいことを言ってやろうと思う。当っている冗談ほどおもしろいのだ。

相手だってそうである。

勢い話はエスカレートする。

話題になっている上司について、自分だけが知っていて相手の知らないできごとを、おもしろおかしく吹聴《ふいちょう》するのは、まことに痛快なのである。

特に愉快なのは、当人を目の前にして、数人でその当人の悪口を言うことである。

むろん当人にはわからないように言う。

ある架空の人物を設定して、そいつの悪口を言うのである。

しかし、まるでわからないように言うのではつまらない。当人が、もしかするとおれのことを言っているのではないかと思うくらいにはやるのである。

これを上司に対してやる時は、ぞくぞくしてまさに生命がけ、お楽しみの極致である。ヘタをすれば出世にも影響してくるのだ。

その危険を冒してやるところに、この遊びの醍醐味《だいごみ》があるのである。

鈍いやつでも、これをやられているうちに、こいつはもしかすると自分のことではないかと気がつく。

しかし、まさか、とも思う。

座は大いに盛り上がっているのである。

当人を目の前にして、当人の悪口を言うわけはないじゃないか――そういう心の動きがこちらには手に取るようにわかる。おもしろい。

だが、それは自分のことかと訊《き》くわけにはいかない。

もし訊かれてもこちらはとぼけるだけである。

ついには、当人に自分の悪口を言わせてしまうのである。

「どう思われますか」

「――うん、何と言ったかな、そいつ、まああまりたいした男ではないだろうな」

「でしょう」

どどっと御当人のコップにビールを注ぐのである。

当人は何とか帰るきっかけをつかもうとする。

煙草の本数が多くなり、便所へ立つ回数が多くなる。

そのトイレにまでついてゆく。

便所からもどってきた上司が、それじゃこれで、と言い出す前に、酔ったふりをして抱きついてしまう。

「ボク、課長の下で働けて、幸福《しあわせ》でえっす」

席につかせて、

「ビールもう三本ね」

大声で追加の注文をする。

「カチョー、一杯どーぞ」

仲間が高い声で、また、課長氏のコップにだばだばっとビールを注いでしまうのである。

絶対に帰さないのである。

さんざ楽しんでから、やっと解放してやるのである。

上司が帰ってからがまた楽しい。

今までの上司の有様を、みんなで再現しては笑い合うのである。

数人も仲間がそこに集まっていると、中にはものまねのうまいひょうきんな男がいて、必ず、たとえばそのいなくなった課長氏のまねを始めるのである。

そのひょうきんな男が立ちあがると、たちまちやんやの喝采《かっさい》があがる。

ひょうきんな男は唇を尖《とが》らせ、左手の親指をベルトの中に差し込み、胸を反らせる。

課長のまねである。

「仕事というのはだな、キミ——」

声色をまね、右手でぱんとカウンターを叩《たた》く。

まさにその瞬間に、何か忘れ物をした課長氏がもどってきたらどうなるか——

教えてあげよう。

そのひょうきんな男は、翌日から次の休日が来るまでの地獄のような一週間を、暗澹《あんたん》たる気持ですごし、休日になって、ふいに思い立ってふらりと山へなど登ってしまうのである。

実は、そのひょうきんな男というのは、このおれのことなのだ。

2

春山である。

久しぶりの入山だった。

考えてみれば、大学を卒業してからの五年間、あれほど登っていた山に、ほとんど登らなくなっていたのだ。その回数は片手の指で数えられるほどである。しかも、その半分以上は、入社した最初の年に登ったものであった。

この二年近くは、登山靴に足を突っ込んだことすらなかったのだ。

仕事に追われ、いつの間にか、山との距離が遠のいていたのである。

週末は、仲間と酒を飲むか、雀卓《ジャンたく》を囲むことの方が多かった。

気の合った女と、楽しい週末をすごすことができた時期もなかったわけではないが、その期間は悲しいほど短いものであった。

女にはほとんど縁がないまま、いまだにおれは独身である。

週休二日――

それが月に二回ある。

おれの勤めている会社の取り柄はそれくらいである。

今週が丁度、その週休二日の週にあたっていた。

昨夜、金曜の晩に東京を出、電車とバスを乗り継ぎ、今朝から登り始めたのである。

歩き出して一時間がたっていた。

背中に薄く汗をかいていた。

身体が、重く火照っている。

だいぶ肉体《からだ》がなまっているのである。

五年で五キロも太っていた。

呼吸も荒くなり、疲れてはいたが、おれは休まなかった。

これまでだらけていた自分を、鞭打《むちう》つようにして登った。自分に、まだどれだけの体力があるのか、それを試すつもりだった。

久しぶりに担いだザックのベルトが、肩に喰《く》い込んでくる。

歩き出した時にはなつかしかったその重さが、今は、はっきりと苦痛に変わっていた。

体力はなくなっても、山で必要な物の量は変わらない。五年前と、ほぼ同じだけの重量がおれの肩にかかっているのである。その同じはずの重量が、倍近くも重く感じられた。

風は冷たかった。

天気は良かったが、山の稜線《りようせん》や谷の奥には、まだ雪が残っていた。それほど高い山ではなかったが、それでも頂上とそこから続く稜線は、二五〇〇メートルを越えている。

そこではまだ冬である。

おれは、その稜線に向かって、うねうねと続く谷沿いの道を登っていた。

新芽のふきこぼれ始めたシラビソの林の中には、処どころに、冬の顔をした雪が残っていた。裸に剝《む》かれた女が、白い肌をさらしてそこにうずくまっているように、どこか傷々《いたいた》しい白だった。

飯零《いこぼ》し山——

それが、南アルプスの北西にあるこの山の名前である。

昔から、鳥獣が多く、かつては多くの猟師が、この山の中に小屋をかけ、獲物を獲《と》っていたらしい。

時には、食事をする間もないほど、獲物がよく獲れたという。食事をしているすぐ目の前に、獣が姿を現わしたりするそうである。

飯零し山は、そこからきた名称だという。

まさか、野生の獣が、のこのこ猟師の前に鼻面を突き出したりはしないだろうが、それだけ獣が多かったということなのだろう。

おれにとっては初めての山である。

学生時代から、一度は来たいと思っていた山だった。

それが、おかしなきっかけで、こうして実現してしまったわけである。

——あの晩。

課長は何も言わずにおれの顔を見、皆の顔を眺め、黙ったままカウンターの上の自分のライターを拾いあげ、店を出て行ったのである。

いきなり、怒り出すかと思っていたが、照れたような、おどおどした笑みを、課長は口元に浮かべていた。しかし、目だけは笑っていなかった。困ったような、哀しそうな目をしていた。

課長が出て行ったあと、いっぺんで座は白け、全員は悪酔いをし、おれは激しく落ち込んでしまったのである。

部下にはうるさく、上役には揉《も》み手《で》をする気に入らない課長ではあったが、おれは、何故かひどく悪いことをしてしまったのだと思った。

家には、年上の奥方と、中学生になる息子がいるのだという。

その課長が、あの晩のことなどまるでなかったことのように、いつものごとく振る舞っているのを目にし、おれはさらに激しく落ち込んだのである。

変わったことと言えば、一日に一度はやっていた、あの晩おれがやりかけたあのポーズを、まったくしなくなったということくらいである。

そこが、おれには何とも傷々しく、またおそろしく不気味でもあった。

そのプレッシャーが耐えがたくなり、仲間の麻雀《マージャン》の誘いを断わって、おれは久しぶりに山に登ってみる気になったのだ。

山に登れば、この落ち込んだ気分も、少しはどうにかなるかと思ったのである。

だが、いくら登っても、気分は暗いままであった。

残雪の匂いも、新芽の香りも、おれの気持をうきうきさせてはくれなかった。

おれの頭に浮かんでくるのは、あの晩の、課長の哀しそうな、おどおどした目つきばかりであった。

いっそのこと、謝ってすむものなら、そうしたかった。しかし、謝るタイミングは完全に逸してしまっている。また、謝って、ますます、話がこじれる可能性もある。

「何のこと、それ？　ああ、あのことね。あんなことわたしは気にしてないよ」

ヘタな演技でそうとぼけられるのはますます困る。

課長もおれも、こういうことは必ず根に持つ、根の暗いタイプの人間であることがわかっているからである。

午後になって、空が曇り始めた。

天気までが、おれの気分に合わせているかのようである。

いずれ雨になりそうであった。

稜線へ出、尾根を歩いて今日中に頂上に向かうつもりだったが、何もない吹きっさらしの稜線で雨にやられるのはたまらない。

予定のコースを変え、手前の飯零し峠を越えて、ひとまず山の向こう側へ出ることにした。

地図で見ると、あまり使用されていない道らしかったが、こんな気分の時に雨に濡《ぬ》れるのは、ますます自分がみすぼらしくなる。峠を下れば、今晩泊まるはずの山小屋には、一時間は早く着く。

頂上に向かうのは、天候次第だが、明日でもいい。

しかし、雲の動きは、おれの予想よりも遥《はる》かに速かった。

雨が降り出したのは、おれがまだ峠に出る前であった。

峠の手前でポンチョをかぶった。

峠に出た時には、信じられないほどの、どしゃ降りになっていた。

防水力の落ちたポンチョは、たちまち紙のようになり、冷たい水がセーターを透《とお》しておれの肌を濡らした。

半ばやけくそで、おれは峠を下った。

腹が立つほど何度もすっ転んだ。

雨で濡れた木の根に登山靴の底が乗ると、おもしろいように滑るのである。

おれは、ずくずくの泥まみれになっていた。

寒かった。

しかし、立ち止まるのは、もっと寒い。

どうせ雨の中にいるのなら、歩いている方がまだ温かかった。とにかく、どんなに濡れようが山小屋に着いてしまうつもりだった。

おれは、山小屋で身体を乾いたタオルでぬぐい、濡れた下着を新しい下着と取りかえ、熱い茶をすることだけを頭に描いて足を速めた。だが、どれだけ歩いても山小屋は見つからなかった。到着予定時間を、一時間オーバーしても、まだ山小屋に着かないのだ。

おそろしい予感がおれの頭をかすめた。

——どこかで道を間違えたのか。

コースをはずれてなければ、どんなに雨が降っていようと、小屋に気づかずに通り過ぎるということなど、まずない。

雨が降っているとはいえ、通常よりはずっと速いペースで歩いてきたのだ。地図に記された時間よりはずっと早く小屋に着くはずであり、誤差があったとしても、せいぜいが十分か十五分である。

考えられることはひとつだった。

道を間違えたのだ。

雨の中で、おれは立ち止まっていた。

新芽の出たシラビソの梢《こずえ》を叩《たた》き、絶え間なく冷たい雨がおれの上に降り注いでくる。

体温が急速に奪われてゆくのがわかった。

おれの身体を包んでいたぬるい湯が、どんどん冷たい水にかわってゆくようであった。

おれの身体を包んでいるのは、冷気と、そして低い地鳴りのような雨の音であった。

その音が、まったく無音の状態よりも、さらに深山の静寂を深めていた。

途方に暮れたおれの耳に、奇妙な音が聞こえていることに、おれはふいに気がついた。

雨の音に混じり、その音が微《かす》かに聞こえている。

いや、それも雨の音には違いなかった。

だが、それは、シラビソの林を叩き、梢を濡らし、地面に降り注ぐ雨の音ではなかった。

それは明らかに、金属、それも、おそらくはトタンを叩く雨の音であった。

3

おれの目の前で、黄色い炎が揺れていた。

おれの身体は、濡れて気持の悪い下着ではなく、乾いた新しい下着に包まれていた。

この小屋を見つけ、濡れたものを脱ぎ捨てて乾いたものを身に着けた時には生き返る思いがした。今までおれが着ていたものは、パンツからセーターまで、小屋の中にロープを張って、そこにかけてあった。

奇妙な小屋であった。

木造りで、屋根だけがトタンでできていた。

床は、全部が土間になっており、広さは十二畳ほどである。部屋の隅に薪《まき》が積んであり、その近くに黒くなった鍋《なべ》とヤカンが転がっていた。

他には何もない。

小屋の内部に、強い獣臭が満ちていた。

そして、生臭い血の匂い。

猟師がかけた猟師小屋のひとつであるらしかった。

この小屋で、獲《と》った獲物の皮を剝《は》いだり、肉を調理したのであろう。

放置されたままのように見えるが、時おりは使用されているらしかった。そうでなければ、これほど強い獣臭がするはずはない。

猟師、と言っても、それを生業《なりわい》としているものは、現在ではいない。この小屋も、地元のハンターか、農業か他の仕事の合い間に獣を獲っている地元の人間が建てたものであろう。

あそこで立ち止まらなければ、おそらくこの小屋の存在に気がつかなかったに違いない。思いがけなく近い林の中にこの小屋を見つけなかったら、今頃は、まだ雨の中をうろついていたかもしれないのだ。

雨が、まだ激しく屋根を叩いていた。

おれは、土間の上に胡座《あぐら》をかき、不思議と落ち着いた気分で炎を見つめていた。

火を熾《おこ》し、黄色っぽい炎を眺めているうちに、おれを捕えていた苛立《いらだ》たしい気持が、嘘のように退《ひ》いていったのである。

雨の音さえもが、今はなつかしかった。

食料は充分にあったし、自炊の道具も揃っている。

迷ったとは言っても、同じ道をもどることはできる。それほど悲観した状況ではない。今日よりもっとひどい山をやったことは、何度もあった。むろん、五年以上も昔の話ではあるが――。

こうなってみると、予定していた山小屋に泊まるよりも、こちらの方がよかったような気さえしていた。

夜になり、食事をすませてしまうと、もうすることがなかった。

おれは、持ってきたウィスキーの口を切り、濃いめのホットウィスキーにして飲んでいた。

雨はまだ止まなかった。

獣臭と血臭の混じる、おどろおどろしい気配が、小屋の内部に満ちていた。闇の重い圧力が、ひそひそとおれの身体を押し包んでいる。

都会では味わえない、はらわたまで届いてくる孤独感である。

闇に満たされたはらわたの中で、ウィスキーを流し込んだ胃のその部分だけが、ぽっと火を点《とも》したように火照っている。その小さな火を腹の中に抱えながら、おれはぼんやりと炎を見つめていた。

どのくらい時間がたったのだろうか。

ふいに、小屋のドアの軋《きし》る音が響いた。

おれが顔をあげると、そこに、のっそりと大きな影が立っていた。

髭面《ひげづら》の男であった。

「こんばんは」

と、野太い声で男が言った。

「やっと満月の晩ですね」

言いながら、のっそりと、入口につかえそうな巨体をゆすりながら、男が入ってきた。

太い唇に、人なつっこい笑みを浮かべて歩いてくると、炎の前にどっかりと腰を下ろした。

いかにも慣れた仕種《しぐさ》であった。

どこかの飯場《はんば》から、そのままぬけ出してきたような格好をしていた。

おれは、この男がこの小屋の持ち主なのかと思った。

「すみません。雨に降られてしまって、勝手に小屋を使わせてもらいました」

おれは頭を下げた。

だが、おれの言葉にはまるで関心がないように、男はにっと笑っただけだった。

「雨はもう止んじまってるよ」

男が言う。

「え」

おれは思わず、トタン屋根を見あげた。

さきほどまで聞こえていた雨の音が止んでいた。

いつの間に止んだのだろうか。

おれは、穴の底から夜空を見あげる獣のように、呆《ほう》けた顔で、炎の灯《あか》りにぼんやりとくすんで見えるトタン屋根を見つめていた。

「おい」

と、男の声がした。

顔を下げて男を見ると、黄色く男の目が光っていた。

「そいつをおれにも飲ませてくれないかね」

男の視線は、おれの膝《ひざ》の先に転がっている、ウィスキーのビンに注がれていた。

「どうぞ——」

「気が利くねえ、あんた」

男は、大きな身体で四つん這《ば》いになって焚《た》き火を回り、おれの右横までやってくると、ウィスキーのビンを手にとった。

「もうすぐみんな集まってくるからね。みんな、こいつを見たら喜ぶぜ、きっと」

唇を、大きく左右に引いて笑みを浮かべた。

黄色い歯が見えた。

4

男は、ビンの口に、直接厚い唇をあてて、ウィスキーを飲んだ。

かーっ

目を細めて熱い息を吐く。

「はらわたまでずんとくるね」

ビンを土の上に置き、腕で唇をぬぐった。かなりの量が減っていた。

「みんなの分を残しておかなくちゃあな」

おれを見て、ぬめりと笑った。

その時、また入口のドアの軋る音が響いた。

そこに、赤いワンピースを着た女が立っていた。

「こんばんは」

少し尻上《しりあ》がりの高い声で言った。

「こんばんは」

おれの横に座っている男が、野太い声で答えた。

「満月の晩ですね」

「満月の晩ですね」

ふたりで同じ言葉を口にした。

女は、おれの左横までやってくると、おれの身体に身をすりよせるようにして座った。

きれいな女だった。

線は細いけれども、はっきりとした貌立《かおだ》ちをしていた。肌の色が抜けるように白い。

キラキラした黒い瞳《ひとみ》をおれに向け、次にその視線をウィスキーのビンに移した。

「あら――」

白い指を伸ばし、ウィスキーのビンを握った。

「赤虫《あかむし》、それはこちらの兄さんのものだよ。欲しければ、こちらの兄さんにことわってから飲みな――」

「あなたはもういただいたの、黒男《くろお》」

「少しだけどよ」

黒男と呼ばれた男が、女に答えた。

女の名前は赤虫というらしい。

「どうぞ」

おれが言うと、女――赤虫の赤い唇の両端がきゅっと吊《つ》りあがった。切れるような笑みだった。白く、尖《とが》った歯が並んでいた。

いきなり赤虫がおれの首に両腕をからめ、唇を合わせてきた。避けようのない素早さだった。

柔らかなぬめりがおれの唇にかぶさった途端、鋭い痛みがおれの唇に跳ねた。

女が顔を退《ひ》いた。

女の唇に赤いものが付いていた。

おれは右手の甲で自分の唇をぬぐった。右手の甲が赤く染まっていた。血であった。

女が、鋭い歯でおれの唇を噛《か》んだのだ。

舌でぬぐうと、血の味が口の中に広がった。

「またやったな」

黒男が言った。

「ごめんなさい。わたし、嬉《うれ》しいとすぐ噛んじゃうのよ」

ピンク色の舌で、赤虫は、自分の唇に付いたおれの血を、おいしそうに舐《な》めあげた。

生臭い女の息が、薄くおれの顔にかかる。

いったいこのふたりは、何なのか。おれは、ふいにおそろしくなった。

その時、ドアの開く音がして、こんばんはと頭を下げながら、三人の人間が入ってきた。

「満月の晩ですね」

「満月の晩ですね」

「満月の晩ですね」

三人が言った。

「満月の晩さ」

「満月の晩よ」

黒男と赤虫が答えた。

三人は思い思いに焚き火の周囲《まわり》に腰を下ろした。

ずんぐりした男と、長身の茶色のスーツを着た男——そして白い服を着た女。

白い服を着た女は、赤虫という女よりも若く、まだ、あどけない顔をしていた。

「いい匂いがするじゃないか」

ずんぐりした男が言った。

「酒の匂いだね」

スーツを着た男が言った。

「ウィスキーよ」

白い服を着た女が言った。

「牙一《きばいち》、角太《かくた》、耳緒《みみお》、これでみんなそろったな」

黒男が言った。

「そろったわね」

と、赤虫。

「うん」

「そろった」

「そろったわ」

三人が答える。

ずんぐりした男が牙一。

茶色のスーツを着た男が角太。

白い服を着た女が耳緒。

それが三人の名前らしい。

おれの隣りの赤虫の横に角太、その横に牙一、その横に耳緒、その横に黒男、そして黒男の横におれが座って焚き火を囲む形になった。

奇妙で、賑《にぎ》やかな酒盛りが始まった。

得体の知れない連中だったが、酒がまわってくるにつれ、そんなこともだんだん気にならなくなってきた。

一本目がたちまちなくなり、おれがとっておきの二本目の小ビンをザックから取り出すと、皆は手を叩《たた》いて喜んだ。

「酒が入ると傷がうずくねえ」

赤い顔をして角太が言った。

「うん」

顔をしかめて、黒男が太い声をあげた。

「傷がね」

「傷がね」

数人がうなずいた。

「そろそろ始めましょうよ」

赤虫が高い声で、思い出したように言った。

「うん、始めよう」

牙一が、嬉しそうに身を小刻みにゆすった。

「始めるって？」

おれが訊《き》くのと同時に、手拍子が鳴り始めた。

赤虫が手を打ち始め、それに合わせてたちまちみんなが手を叩き出したのである。

しゃん
しゃん
しゃん
「あなたもやりなさい」

手を打ちながら赤虫が言う。

誘うように皆が手拍子を打つ。

おれも、彼等の仲間に加わって、手を打ち始めた。

しゃん
しゃん
しゃん

急に楽しくなってきた。
全員が、互いの顔を見合わせながら、顔中に笑みを浮かべている。
唄《うた》が始まった。

こおとろ
ことろ
くびをとろ
くびがおしけりゃ
みせやんせ
くびがおしけりゃ
だしやんせ
さあさ　みせねば
くびがとぶ
さあさ　ださねば
くびがとぶ

手拍子に合わせて、全員が合唱する。

童謡とも民謡ともつかない不思議な節まわしだったが、覚えやすいものであった。

それを何度も繰り返して唄うのである。

三度目からは、おれも、皆に合わせて声に出して唄うことができた。

「最初は誰だ?」

黒男が叫ぶ。

「そこのお兄ちゃんは一番後だな」

牙一が言う。

「じゃ、わたしから!」

おれの横で、赤虫が立ちあがった。

「よう!」

「赤虫」

「いいぞ」

声があがる。

しゃん
しゃん
と、手拍子が鳴った。

こおとろ
ことろ
くびをとろ

手拍子に合わせ、赤虫が身をくねらせながら服を脱ぎ始めた。

くびがおしけりゃ
みせやんせ

「あ、見せやんせ！」

と、全員が手を打って声をはりあげる。

赤虫の服が土の上に落ちた。

赤虫はその下に何も身に着けてはいなかった。白い裸をくねらせて、赤虫が踊る。

「見せやんせ！」

皆が声をそろえる。

赤虫は、両手で乳房をすくいあげるようにして、皆の前に腰を突き出した。

白い太股《ふともも》の内側に、炎の色が揺れる。

淫《みだ》らな眺めだった。

赤虫は、腰を突き出したまま、両脚を大きく開き、両手を股《また》の内側にあてて、さらにそこを押し開いた。

赤い淫らな肉の色が覗《のぞ》く。

「違う違う！」

「そこじゃない！」

皆が笑いながら、口々にはやしたてる。

赤虫はにっこり笑いながら皆に背を向けた。

その背中に、ぞっとするような傷痕《きずあと》があった。

赤黒く肉のはじけた痕——

銃で打たれた傷痕のようであった。

「そうだ、そうだ！」

黒男が声を高くした。

しゃん
しゃん
手拍子が鳴った。

くびがおしけりゃ

だしやんせ
さあさ　みせねば
くびがとぶ
さあさ　ださねば
くびがとぶ

皆が唄う。

その唄に合わせて、赤虫はぴょんぴょんと跳びはねながら舞い始めた。すごい跳躍力だった。

跳ぶたびに背中を丸めるのだが、その背が屋根のトタンに今にも触れそうになる。

赤虫の踊りが終った。

「さすがは赤虫だな」

「そうね」

「これなら首はとばないね」

「うん、とばない」

まだ手拍子をとりながら、皆が言う。

「さ、次は？」

手を叩《たた》きながら、赤虫が、裸のままおれの横に腰を下ろした。

「おれだよ」
赤虫の横の角太が立ちあがった。
しゃん
しゃん
手拍子に乗せて、また唄が始まった。
そのリズムに合わせて、角太が服を脱ぎ出した。

こおとろ
ことろ
くびをとろ
くびがおしけりゃ
みせやんせ

角太がシャツを脱ぎ捨て、襟の下に隠れていたものを露《あら》わにした。

今の赤虫の背にあったのと同じ、不気味な傷痕がそこにあった。

「痛かったか？」

手を叩きながら黒男が問いかける。

「痛かったよ、うんとね」

踊りながら角太が、答えると、皆が、手拍子を打ちながら〝おお〟とか、〝ああ〟とか、悲鳴に似た声をあげる。

そして、角太は全裸になり、先ほどの赤虫のように、跳びはねるような踊りを始めた。

やはり、驚くほど高く跳ぶ。

おれには、ようやくこのゲームのシステムが呑《の》み込めた。

まず、唄《うた》が始まり、服を脱ぎながら、〝みせやんせ〟のところで、自分の身体のどこかにある傷痕を見せればいいのである。

次に〝だしやんせ〟で、自分の持ち芸を演じて見せる——それを順ぐりに皆に回していくのがこのゲームのやり方なのだろう。

角太の踊りが終った。

「うーん」

「いまいちだな」

「そうよね。跳びはねるのは、今赤虫がしたものね」

「そうね」

皆が手拍子をしながら言うと、角太の顔が青くなった。

「だめだな」

「首がとぶね」

「うん、首がとぶ——」

そう牙一が言い終える寸前、角太の首が、ごろん、と音をたてて土の上に転がった。首のない両肩の間から、ざっと血がしぶいた。温かく生臭いそのしぶきがおれの顔にも飛んだ。

自分の首の上に、どっと角太の裸体が倒れ込んだ。

「きいっ！」

おれの前に座っていた耳緒が、ぴょんと角太の屍体《したい》に飛びついた。

可愛い顔が歪《ゆが》み、目が吊《つ》り上がっていた。

小さな歯で、角太の肉にかぶりついた。

「ごうっ！」

と吠《ほ》え、おれを残した全員が、角太の屍体に襲いかかっていた。

全員が、がつがつと、角太の屍体を貪《むさぼ》った。

凄《すご》い血の臭いだった。

歯の下で嚙《か》み砕《くだ》かれる骨の音——

血肉をすする湿った音——

おれは声もあげられなかった。

立ちあがろうとしたのだが、足が動かなかった。完全に腰がぬけてしまっているのである。

皆が顔をあげた時、角太の屍体の肉の、半分近くが失くなっていた。

屍体をそこに残したまま、全員が、また元の位置に腰を下ろした。
「さ、また始めましょうかね」
血だらけの唇で黒男が言って、手を叩き始めた。
しゃん
しゃん
しゃん

こおとろ
ことろ
くびをとろ
くびがおしけりゃ
みせやんせ
くびがおしけりゃ
だしやんせ
さあさ　みせねば
くびがとぶ
さあさ　ださねば
くびがとぶ

牙一がのっそり立ちあがる。

手拍子が一段と高くなった。

おれは生きた心地がしなかった。

おれは、歯をガチガチ鳴らしながら、手拍子を打っていた。

5

だんだんとおれの順番が近づいてきた。

今、服を脱いでいるのは黒男である。次はおれの番であった。

これまで、何度も逃げようとしたのだが、その隙がなかった。

小便をしたいと言って席を立っても、必ず誰かがついてくるのである。

小便がすむまで、背後に凝《じ》っと立って待っている。

とても逃げ出せるものではなかった。

大きく両腕を振り、足を踏む黒男の踊りが終った。

「ステキだったわ」

「さすがは黒男だ」

「これなら首はとばないわね」

「うん、とばない」

黒男がおれの横に座り、また手拍子が始まった。

しゃん
しゃん
「次は誰だい？」

「そこのお兄ちゃんだよ」

光る目で黒男がおれを見た。

おれはもうたまらずに立ちあがっていた。

悲鳴をあげて逃げ出したかった。

「どうしたんだい、お兄ちゃん」

黒男が言った。

「しょ、小便に行きたくなってさ――」

おれは言った。

自分の声が震えているのがわかった。

「またかい」

「あなたの番なのに――」

牙一と耳緒が言う。

「まさか、逃げるんじゃないだろうね」

手拍子をやめ、凄い目つきで黒男がおれを見あげた。

「おれも一緒に行くよ」

のっそりと、裸の黒男が立ちあがった。

おれと黒男は、ゆっくりと外に出た。

「足が震えてるよ」

後方から、黒男が声をかけてきた。

おれはその震える足を踏みしめながら、しっとりと濡《ぬ》れた草を踏んだ。

雨は止んでいた。

月が出ていた。きれいな満月であった。シラビソの梢《こずえ》が、さらさらと夜の風に鳴っている。

おれは、いまにも崩れそうながくがくする膝《ひざ》を伸ばし、草の上に立ち止まった。

膝の下あたりまで、風にゆれる草が触れている。

冷たい夜気の中に、濃い濡れた植物の匂いが満ちていた。

おれは、震える指で、ファスナーを下ろし、すっかり縮こまっているそれを、夜気の中に出した。

小便など出るものではなかった。

性器をむき出しにしたまま、おれは死にそうな思いでそこに立っていた。

すぐ背後に立つ、大きな黒男の気配がある。

ぬうっと、背後から、黒男が覗《のぞ》き込んできた。

「なんだ、ちっとも出てないじゃないか」

黒男が言った瞬間、わあっ、と声をあげておれは走り出していた。

もう我慢の限界だった。

絶対に後方を振り向かなかった。いや、振り向けなかったのだ。もし、後方から追ってくる黒男の形相を見たら、その瞬間に、おれは恐怖のあまりそこにへたり込んでしまうだろう。

月があるとはいえ、山の中である。何度もおれは転がった。手や顔が傷だらけになった。

へとへとになって、おれは走った。

足がもつれ、木の根につまずいて、おれは大きく前のめりに転がっていた。

どっと、全身が土に叩《たた》きつけられた。

息が止まっていた。

もう動けなかった。

荒い呼吸を繰り返しながら、おれは草の中から顔をあげた。

おれは息を呑《の》んだ。

すぐ目の前の闇の中に、あのトタン屋根の小屋が、月光に照らされてぼうっと浮かびあがっていたからである。

「もどってきたのかい、お兄ちゃん」

頭の上で声がした。

顔をねじって、おれは、視線を上に向けた。

おれの首筋の毛がそそけ立った。

すぐ上から、あの黒男の笑顔がおれを見下ろしていた。

「ひいっ」

おれのあげた悲鳴は、おれの耳にはとどかなかった。

その前に、おれは気絶していたのである。

暗黒がおれを包んだ。

6

気がつくと、朝になっていた。

鳥の声と、眩《まぶ》しい陽光とで、おれは目を覚ましたのであった。

小屋の入口近くの草の中に、おれは仰向けに倒れていたのである。

草に付いた雨の雫《しずく》で、おれの全身はぐっしょりと濡れていた。

おれは立ちあがった。

森の、濡れたきらきらしい新緑がおれを包んでいた。

おれは、よろけながら小屋に歩みより、ドアを開けた。

小屋の中には、おれの荷物が雑然と散らばり、火の消えた焚《た》き火跡の横に、空になったウィスキーのビンが転がっていた。

小屋の中に、昨日は気がつかなかった奇妙なものが転がっていた。

動物の毛皮らしかった。

キツネ、クマ、ウサギ、シカ、イノシシの毛皮であった。

いつのものかわからなかったが、それ等は皆、古ぼけて、あちこちの毛が抜け落ちていた。

猟師がここで動物の毛皮をはぎ、そのままここに捨てていったのだろうか。

そう思った時、ふいに、昨夜のことがおれの脳裏に蘇《よみがえ》った。

「これは――」

おれは、声をあげた。

そこに落ちている毛皮は、昨夜、黒男や赤虫たちが服を脱ぎ捨てたのと、丁度同じ場所に転がっていたのである。

おれは、干涸《ひから》びた黒い毛皮を拾いあげた。

ツキノワグマの毛皮であった。

その毛皮からは、微《かす》かにウィスキーの匂いが漂っていた。

〝ひとをからかうのはおもしろい〟

あの課長の淋《さび》し気な顔が頭に浮かんだ。

おれは、毛皮を抱えて外に出た。

溜息《ためいき》の出そうな新緑の匂い。

山の中に、おれの身体がそのまま溶けてしまいそうだった。

すると、その時、ふいにどこからか、のんびりとした声が響いてきたようにおれは思った。

〝昨夜《ゆんべ》のあれは、おもしろかったなあ〟

黒男の声のようであった。

ざわざわと、小屋の周囲《まわり》の樹々や繁みが揺れ、さざめくような笑い声が、明るい森の中にどっとあがった。

霧《む》幻《げん》彷《ほう》徨《こう》記《き》

1

奇妙な霧だった。

冷たく、粘液質で、肌にねっとりとからみつく。爬虫類《はちゅうるい》の細い舌で、舐《な》めまわされるような感触があった。

濃い霧である。

樹林帯の中にいるはずなのだが、数メートル先の樹が、もう見えない。樹々の影は、十メートルより遥《はる》か手前で、白い世界に溶け込んでいた。樹林帯の中で、このような霧に出会うのは初めてのことであった。

今朝、姉不遣《あねやらず》ノ沢に入った時には晴れていた空が、今は、もう何も見えなくなっていた。沢の途中から、不遣《やらず》尾根に向かって登り始めたのが一時間前である。あと一時間も登れば尾根へ出るはずだった。

まだ昼までには時間がある。霧に時間をとられたとしても、昼前には尾根に出ることができる。遅れることよりも、怖いのは雨だった。

六月の初めである。一五〇〇メートル足らずのこの場所で、まず、雪が降ることはない。しかし、雪よりも始末の悪いのが雨である。

濡れるからだった。雨具の用意があるとはいえ、本格的に降り出したら、濡《ぬ》れずにはすむまい。この時期の雨は、恐ろしく冷たいのだ。

梶尾《かじお》は足を早めた。梶尾の身体を包む霧は、全体に、仄《ほの》かな燐光《りんこう》を放っているようであった。うっすらと、カッターシャツの表面に、水滴が凝固していた。

ゆるい登りであった。もう少し上へ行けば、雪が残っているかもしれない。いずれは、ザックからピッケルをはずさねばならなくなるだろう。足を早めたためか、背に薄く汗をかいていた。軽くザックを揺すりあげた時、梶尾は、ふいに気がついた。

何かの気配がするのである。あると想えばある。ないと想えばない。それほど微妙な気配である。それが、梶尾の後ろからついてくる。

ふり向くとその気配は消え、前を向くと、その気配はまた現われるもののようであった。背後の、見えない霧の奥から、自分と同じ呼吸で、ひたひたと何者かが追いかけてくるようである。この感じは、初めてではない。

山を独りで歩いているとそんな気持になることは、よくある。しかし、今回のそれは、執拗《しつよう》に梶尾にまとわりついていた。見えない蜘蛛《くも》の糸を背にくっつけているようであった。

「霧には気をつけた方がいいよ」

梶尾は、昨夜、姉沢《あねさわ》山荘の主人が言った言葉を想い出していた。

「あの山は人を欲しがってるから――」

幕営《ばくえい》料金を納めに行った梶尾に、山荘の主人はそう言ったのである。

姉沢から姉不遣ノ沢、不遣尾根を経て姉呼岳《あねよばいだけ》へ向かうのが、梶尾の決めたコースである。そのコースを説明した時、山荘の主人が何気なく口にしたのがその言葉だった。

「人を欲しがってる?」

梶尾は訊《き》いた。

「時々ね、遭難者が出るんです。と言うより、行方不明と言った方がいいかもしれませんが」

「今頃の季節にですか」

「いえ、特に冬山とか、今頃とかいうわけではありません。何年かに一度、あるかなしかというくらいですが――。このあたりの地名も、そんなところからきているらしいですね」

「姉不遣ノ沢とか、姉呼岳とかですか」

「ええ。この地方の民話なんですがね、いやな結婚をせまられた娘がこの山へ逃げて、そのまま神隠しにあったとかで――」

娘の入ったのが、この姉沢で、捜しに来た村人たちがそこに立って娘の名を呼んだというのが、姉呼岳ということであるらしい。

その時には、大して気にもとめていなかった言葉が、こうして霧の中にいるとずっしりと重いものに変わってくるようであった。

霧は、重く梶尾を包んでいた。道が崩れ、ガレ場になっている斜面を、何度か渡った。足を早めてから、二時間以上が経過していた。まだ尾根には出ていなかった。もう、とっくに出ていていい時間である。

まだ、樹林帯の中にいるようであった。

おかしい、と梶尾は想った、道を間違えたとしても、これだけ登り続けていれば、植物相に変化がなければならなかった。森林限界を抜け、這松《はいまつ》の岩稜《がんりょう》を、堅い登山靴の底が踏んでいても、おかしくはない。不安が、ささくれのように、梶尾の心を蝕《むしば》み始めていた。

梶尾が立ち止まったのは十分後であった。何気なく靴の底が踏んだ岩の形に、見覚えがあったからである。岩の横に、顔を覗《のぞ》かせている木の根の形までがそっくりだった。ちょうど、ガレ場の斜面が始まったばかりの所で、すぐ先の右手の霧の中から、こちらに突き出している岩の具合にも見覚えがある。

そんなはずはない、と梶尾は想った。とにかく登っているのだ。登り続けているなら、道を間違えたとしても、同じ場所へ出るわけはなかった。

ゆっくりとそのガレ場を渡る。斜面の下、左手は、霧に閉ざされ、この斜面がどれだけの高さを持ったものなのか、見当がつかなかった。

樹林帯に入り、やがて、再び目の前に現われてきたガレ場を目にした時、梶尾の背に、軽い怖気《おぞけ》が走った。さっきと同じ場所なのである。無言のまま梶尾にまとわりついてくる霧が、ふいに恐ろしいものに変貌《へんぼう》したようであった。

梶尾は、登山靴の底で、足元の土に字を書いた。

〝梶〟

自分の苗字の始めの一字である。字を書きながら、梶尾は、自分は恐ろしく馬鹿げたことをしているのだと想った。偶然の錯覚に怯《おび》え、幼児のように動揺しているのだ。錯覚を確認するために始めた行為が、かえって梶尾を不安におとしいれ、怯えさせた。その〝梶〟という一字に、すがろうとする自分がくやしかった。この霧がいけないのだ。そうも想った。

恐れていたことが起こった。

歩き出した梶尾は、十五分後、再びその〝梶〟の文字の前に立っていたのである。

「落ち着け――」

梶尾は、声に出してつぶやいた。

ポケットから磁石《コンパス》を取り出した。

「これは」

磁石に目をやった梶尾は、低く呻《うめ》いた。磁石の針は、不気味な早さで、くるくると回っていたのである。

2

梶尾は途方に暮れていた。

いったい、自分に何が起こっているのかと考えていた。前に進んでも、道をもどっても、同じ現象が起こる。元の場所にもどってしまうのである。

これは、夢なのだと想った。それも、とびきり丁寧に造られた悪夢だ。しかし、これが夢でないことは、梶尾にもわかっていた。鼻孔から吸う霧の、湿っぽい匂いも、その中に混じる針葉樹の薄い香りも、はっきりと感じられる。リアルな感触であった。

残っているはずの体力が、すっかり抜けきってしまったような脱力感があった。

あと、やってみる方法がふたつある。上と、そして下へ行ってみることであった。おそらくは無駄に終るであろうが、やってみないことには、その後の方策が立たない。

何者かに追われているような感じはすでに消えていた。が、その何者かの気配がまるっきり無くなったわけではなかった。

梶尾が感じているのは、視線であった。

梶尾の後を追っていた何者かは、今は、梶尾と同じように、この霧の奥にうずくまり、身を潜めて、じっとこちらをうかがっているようであった。それがひしひしと伝わってくる。

初めは気のせいかと想っていたそれも、今は重い実在感を持って、感じられた。梶尾は、決心をして、まず下に下ることにした。もし、この奇妙な現象が起こらなければ、姉不遣ノ沢に出ることができるはずだった。

霧の中を、注意深く下る。

斜面の表面にこぼれた砂に、登山靴の底が乗って滑りやすかった。大きな岩の出っ張りを左に巻いて下へ回ろうとした時、梶尾の頭の中に、声が響いた。

〝そっちへ行っては危い〟

踏み出しかけた右足を、梶尾は思わず引こうとした。が、それより一瞬早く、右足首はふわりと何かにすくわれていた。

バランスを失った梶尾の身体が一転し、どん、と背のザックが岩にぶつかった。眩暈《めまい》に似た感覚が梶尾を襲い、身体が宙に投げ出されていた。瞬間、梶尾は次に襲ってくるはずの、激しい落下のショックを覚悟した。だが、そのショックは襲ってはこなかった。軽い浮遊感と吐き気があり、梶尾の身体は蜘蛛の巣に捕えられたように止まっていた。

目を開ける。あたりを見回した梶尾は、その世界に、色というものがまったくないということに気がついた。ハイキーに焼きつけた、白黒写真の世界なのである。

登山靴の底で、何かが折れる細い音がした。足元を見た梶尾は、想わず声を漏らしていた。

「骨だ――」

音を立てたのは、登山靴に踏まれた骨だったのである。しかも、それは人骨だったのである。

梶尾が折ったのは、その人骨の左手の指の骨だった。しかし、よく見れば、それは、骨というよりはミイラに近いものであった。骨のまわりを、ひからびた肉が薄く包んでいるのである。普通であれば、茶褐色をしているのであろうが、ここではそれが白く見える。

梶尾が、初め、それを骨と見たのはそのためである。

色の白さが、その陰惨さを半分に見せているが、その分だけ不気味であった。

丸い穴となった眼窩《がんか》の奥から、その人骨は、泣きそうな顔で下から梶尾を見上げているようであった。

だいぶ以前に果てたのであろう。梶尾は、ザックを下ろし、あたりを見回した。

ミイラ——骨は、いたる所にあった。すごい骨の数であった。人骨だけではない。小さな鳥と思われるものの骨や、動物のものと思われる骨もあった。見当のつかぬほど巨大な骨もある。遥《はる》かな太古に、まだこの日本列島に棲息《せいそく》していた何かの巨獣のものであろうと想われた。

とんでもない場所に迷い込んでしまったらしい。

この山で神隠しにあったという女の屍《しかばね》も、この骨の群の中にあるのだろうか。

風景には、遠近の感覚がなかった。遠くも近くも同じように見えた。

天も地も、ただ白い。

その地平まで、累々と生き物の屍が重なっている。古生物学者が見たなら、舌舐《したな》めずりしそうな光景だった。

これがまともな世界なら、恐ろしいほどの腐臭や死臭がたちこめているのだろうが、ここでは、それがただ白く澄んでいる。

さっきまで梶尾を捕えていた焦燥感は無くなっていた。人智を超えたものを目の前にした時のショックが、かえって梶尾を冷静にしていた。

——ここで死ぬのか。

醒《さ》めた意識でそう想った。

食料は三日分ある。水は二リットル。コンロもある。何もせずに生きるだけなら、これで、十日や十五日くらいはもちそうだった。その自信はある。しかし、それだけ生きのびたとして、それが何になるのか。

冬山でのビヴァークとはわけが違う。待てば助けがやってくるわけではないのだ。こうして、乏しい食料で身体を弱らせながら、死体の群の中で死を待つのはたまらなかった。

ではどうするか。

梶尾の腹は決まっていた。できるだけのことはしたかった。まず自分を閉じ込めた世界がどんな場所であるのか、それを見極めるつもりだった。

ザックを再び背にした時、梶尾は、さっき自分に呼びかけてきた声の主のことを想い出していた。その時、再びあの声が響いた。梶尾の耳にではなく、直接頭の中にである。

〝そこから動くな……〟

さっきよりだいぶ弱々しい声である。

「誰だ」

梶尾は、ゆっくりとあたりに視線を這《は》わせながら言った。

〝今説明しているヒマはない。いいか、そこから動かずにおれの言うことを聞け〟

その声は、波調の合わないラジオ放送のように、とぎれとぎれであった。

「誰なんだ」

〝おまえがいるそこから、抜け出したことのあるものだ。いいか、出口はおまえのすぐそばにある。見ることはできないが、間違いなくあるのだ。おれの言う通りにすれば、そこから出ることができる――〟

せっぱつまった声だった。

「わかった」

梶尾が言うと、すぐに声が言った。

〝磁石を出せ〟

梶尾は、左ポケットから磁石を出した。

「出したぞ」

〝針を見るんだ〞
「回っている」
〝そうか、どちら回りだ〞
「右回り、時計と同じ回り方だ」
〝わかった。いいか、そこからゆっくりと歩き出せ。少しずつだ。今いる場所を中心に、円を描きながら歩くんだ。そして、歩きながら円の輪を少しずつ広げていけ〞
「何のために」
〝言われた通りにしろ。歩きながら磁石を手に持って、針の動きに注意しているんだ。針の動きに変化があったら知らせるんだぞ〞
梶尾は、言われた通りに歩いた。ゆっくりと、円を描きながらその輪を広げていく。と、針の動きが変わった。右回りが左回りになったのである。そのことを言うと、ほっとしたような声が響いた。
〝よし、いいぞ〞
「これからどうするんだ」
〝少しもどってみてくれ。さっきとは逆に、後ろ向きでだ。針の動きがもとの右回りになったら、そこで立ち止まって知らせてくれ〞
梶尾がそうすると、数歩ももどらないうちに、針が右回りになった。
「ここがそうだ」

〃これからが少し難しいが、間違えるなよ。こんどは、また、ゆっくりと前に歩いてゆけ。すぐに針が左回りになるはずだ。それと同時に、こんどはおまえ自身が針と反対方向、つまり右回りに身体を回転させるんだ。回転させながら、おれの声を聞いているんだぞ。おまえの名をずっと呼んでいてやるから、その声が一番はっきり聞こえた処で、ためらわずに前へ出ろ――〃

有無を言わせぬ口調だった。

梶尾は、声の命ずるままに、細心の注意をはらってそれを行なった。針が左回りになった地点で、すかさず自分の身体を右回りに回転させる。

〃梶尾、こっちだ……〃

声が、梶尾の名を呼んでいた。何故、声の主がおれの名を知っているのか、と梶尾は想った。その時、ずれていた波調が合うように、声がふいに鮮明なものになった。

梶尾は、目を閉じて前へ出た。軽い眩暈と吐き気があった。

宙に浮きあがるような感覚。目を開けると、梶尾は、再びもとのガレ場の斜面に立っていた。

さきほど巻こうとした岩が、目の前にあった。霧が薄れ、さっきよりも鮮明にあたりの風景が目に入った。上に、ガレ場を渡っている道が見てとれた。先ほど、梶尾がいた道である。

「助かったのか――」

梶尾がつぶやいた時、これまでよりずっとはっきりしたあの声が、響いてきた。

〝まだだぞ。上を見ろ〟

梶尾は空を見上げた。十数メートル上を、あの白い霧がおおっていた。

〝もとの状態にもどっただけだ。こんどは、この閉じた世界から抜け出さなくてはならない――〟

「抜け出す？」

〝ああ。今はこの場が少し安定したらしい。それで霧が薄くなったのだ。霧が濃い時には、この空間のどこかがほころびかけているらしい。どうかしたはずみで、その時、ここに生き物が迷い込んでしまうのだろう。おまえが、つい今までいたのは、この閉じた世界の結び目のような処だ。おれにもよくわからんが、おそらくそうだ。おれは、その結び目に沿って、おまえをそこから抜け出させてやったのだ。だが、この世界そのものから、うまく抜け出せるかどうかは、これからの話だ――〟

3

ガレ場の道にもどった梶尾に、声が話しかけてきた。

〝ここは、空間的にだけではなく、時間的にも閉じているらしい。ここでは、時間が、過去も現在も未来もわずかにずれただけで重なっている。だから、おれとおまえとも、こうして話ができるのだ。あの結び目はな、この世界に迷い込んだ者たちの墓場だよ。この世界をさまよっているうちに、あそこに入り込んでしまうのだ。おれがあそこを出られたのはまったくの偶然から、磁石の回転の変化に気づいたからだった。九日かかってしまったがね。抜け出ることができたのは、おそらくおれが最初だろう——〃

「それよりも、今、おまえはここは時間も閉じて重なっていると言ったな」

〃ああ、言ったよ。おれは、おまえがいる時間よりも、十五日ほど未来にいる〃

「ほんとうか」

〃嘘じゃない。自分に嘘をつく必要もないからな〃

「なんだと」

〃おれはおまえさ〃

梶尾は言葉をつまらせた。少しの沈黙があり、声が再び話し出した。

〃霧の中を歩いていた時にな、変な感じがしなかったか〃

「した。誰かに後をつけられているようだった」

〃あれはおれさ。おれが、おまえのすぐ後ろを歩いていたんだ。もっとも、何日か未来のことだがね。色々な方法を試していたんだよ。ここから出るためにね——〃

「出られるのか」

〃わからん。何度か試したのだが、過去の自分とうまく重なることができれば、なんとかなりそうなのだが〃

「どういうことだ」

〝おまえとおれとをうまく重なり合わせて、この世界に不思議なもの――うまく説明できないが、重い存在みたいなものを造ることができれば、この世界そのものが、自然にその重いものを外へはじき出してしまうのではないかと想ったのだ〟

「確かか」

〝あてずっぽうさ。しかし、試してみる価値はある。だが、重なるとひと口に言っても難しい。どう説明していいかわからんが、重なってもいい感じのところで、肉体が肉体をすり抜けてしまうのだ。時間が重なっていると言っても、次元の違う存在なのだからな〟

「駄目なのか」

〝あきらめるのは早い。ついさっき考えついたのだが、何かひっかかりのようなものを身に付ければだいじょうぶだと想う〟

「ひっかかりだって――」

〝ああ、おれは駄目だが、おまえと、もうひとり、この世界に入ったばかりのおまえとならできるかも知れない。ぴったり重なり合うだけではなく、ひっかからせるためには、この方法しかないだろう〟

「どんな方法だ」

〝そのひっかかりを、こちらからそっちへ送る。もう少し前へ歩いて来てくれ。そう、そこだ。そこでいい。どうだ、目の前の地面に何か見えないか——〟

「何も見えない」

〝目で見ようとしては駄目だ。念をこめて見るんだ。おれのことを考えろ〟

必死の思いで、梶尾は足元の地面を睨《にら》んだ。そこに、ぼんやりと何か影のようなものが横たわっているようであった。その影を透《とお》して、下の地面がすけて見えている。

「見えるぞ」

梶尾は興奮して言った。

〝こちらへ手を伸ばせ〟

梶尾が影に手を伸ばすと、それが、ふいに温かいもので包まれた。向こうの世界で、もうひとりの梶尾が梶尾の手を握っているのだ。

その手の中に、堅い感触のものが出現した。梶尾は、力をこめてそれを握った。手を開いてみると、梶尾の手の中に自分が今ポケットに入れているのと、そっくり同じ磁石があった。

〝送ったぞ〟

声が言った。もうだいぶ弱っていた。

「ああ、受け取った。しっかりとな」

〝それをポケットに入れて、うまくこの世界に入ったばかりの自分と重なるんだ。やり方はわかるか——〟

「どうするんだ」

〝霧がまた出てきたら始めるんだ。この世界がほころびかけると霧が出てくる。その時に念をこらしていれば、数時間前の自分が歩いてくるのがわかるはずだ。呼吸を合わせながら後ろから自分に近づいてゆけばいい――〟

そして、声がとぎれた。未来で、もうひとりの自分が死んだのだということが梶尾にはわかった。

4

奇妙な霧だった。

冷たく、粘液質で、肌にねっとりとからみつく。爬虫類《はちゅうるい》の細い舌で、舐《な》めまわされるような感触があった。

梶尾は、不思議な気配を感じとっていた。目に見えぬ何者かが、背後の霧の中を、ずっとつけてくるような感じがするのである。ゆっくりと、確実に、それは梶尾に歩調と呼吸を合わせ、迫ってくるのである。それが、すぐ背後に迫った時、梶尾はふり向いた。自分の顔を、ふり向いたすぐ鼻先に見たように想った。が、それは錯覚で、背後には霧が流れているばかりであった。

梶尾は、再び歩き出した。

梶尾は、自分の左のポケットが重くなっているのに気がついた。そこに手を入れると、ふたつの堅いものの感触があった。それを握って外へ出す。手を開いた梶尾は、小さな驚きの声をあげていた。手の平の上には、まったく同じ形の磁石がふたつ、ころんと載っていたのである。

霧が晴れかけているのにも気づかず、梶尾はつっ立ったまま、そのふたつの磁石を見つめていた。

鳥葬の山

1

天を、見ている。

蒼《あお》い透明な空だ。

濃い蒼が広がっている。

その向こうに、宇宙の黒が透けて見えているような蒼だった。

空以外には、何も見えない。

他には何もない。

わずかの雲さえもなかった。

何もないから、眺めていると、その空の色が、本当に蒼いかどうかも曖昧《あいまい》になってくる。黒いようにも、紫のようにも、赤いようにさえも見える。黄や、緑や、それ等の色が、微妙に入り混じっているようでもあった。

空の蒼の中に、頭に思い浮かべることのできる、ほとんど、あらゆる種類の色が溶けているらしい。

いや、もしかすると、その空の蒼すらも夏木《なつき》の錯覚なのかもしれない。

夏木は、果てのない、透明な虚空を眺めているだけなのかもしれなかった。

しかし、たぶん、それは、空なのだろう。

その遥《はる》かな蒼い虚空の奥に、ひとつの黒い点が見えたからだ。

その黒い点が、ゆっくりと近づいてくる。

旋回しながら、天からその黒い点が降りてくるのである。

近づいてくるにしたがって、その黒いものが大きくなってゆく。

翼が、あった。

鳥であった。

ハゲワシだ。

ハゲワシが、蒼い虚空の風の中でゆっくりと舞っている。

それを、夏木は、堅い大地の上に仰向けになって、下から見あげているのである。

大地、というよりは石だ。

しかし、その感覚があるのは後頭部だけであった。

手や、足や、背が、その堅いものに触れている感覚がない。肉体の感覚が失《う》せていた。

眼球すらも、動かせない。

どうやら、どこかの山の頂のような所で、石の上に仰向けになっているのかもしれなかった。

得体の知れない、不吉なものの影のように、風景の中心である自分の眼だまの内部に向かってその鳥の影は落ちてくるようであった。しかし、なんという、ゆっくりとした落ち方であろうか。

長い間眺めていても、どれほど大きくなったようにも見えなかった。しかし、それでも少しずつは、その鳥影が自分に近づいてくるのがわかるのである。

どれほどの時間が過ぎたろうか。気がついてみると、いつの間にか、鳥は、すぐ自分の真上を舞っていた。

鳥が、ふいに、顔目がけて石のように落ちてきた。

眼を閉じることができなかった。

頬の肉を、その脚の爪でつかまれていた。

それでも、目蓋《まぶた》を閉じることができない。

鳥の、茶色い眼が、夏木を見降ろしている。

いきなり嘴《くちばし》が降りてきた。

右の眼球をついばまれていた。

閉じることのできない左の眼で、鳥が、自分の右の眼球を食べるのを、夏木は見た。

次が、左眼であった。

声をあげたように思った。

いや、声はあげなかったのかもしれない。

それはわからなかった。

眼覚めていたからである。

眼に押し入って来たのは、鳥の黒い嘴ではなかった。

陽光であった。

横手の、カーテンの透き間から部屋の中に差し込む細い陽光が、顔の上にかかっていた。

その光が、ナイフのように、夏木の目蓋の間から、眼の中に潜り込んでいたのである。

布団の中で、大きく息を吐いた。

汗をかいていた。

粘っこい、胆汁質の汗であった。

それが、Tシャツの下で、ぬるぬると肌に張りついている。素肌は熱を持っているのに、汗は冷たかった。

四月——

汗をかくような時期ではないのに、どうして、こんな汗をかいたのか。

すぐに思い出していた。

夢を見たのだ。

いつもの夢だった。

鳥が出てくるあの夢だ。

鳥が出てきて、自分の眼球を、その嘴でえぐる夢だ。

それだけではない。

もっと他の夢も見る。

鳥は、ただ、空をゆっくりと舞っているだけの時もあれば、たくさんの群となって、頭上を騒がしく飛んでいる場合もある。

いやな夢だ。

眼を閉じて、もう一度眠ろうとしたが、夏木はそれをやめた。

閉じた目蓋の裏に、また、鳥の影像が浮かんできそうだったからだ。

ゆっくりと、夏木は上半身を起こした。

決心をして、カーテンを、左右に引き開けた。

太い陽光が、部屋に入り込んできた。

その陽光と共に、入り込んできた、黒々とした鳥の影があった。

窓の桟に爪を立て、窓いっぱいに、一羽の鳥《カラス》が羽根を広げて、ガラス越しに夏木を睨《にら》んだ。

夏木は声をあげていた。

2

それは、不思議な光景だった。

十人近い人間が、闇の中を歩いているのである。

灯《あか》りは、何人かの人間が手にした数本の松明《たいまつ》である。

その炎に照らされて、その人間の集団が、闇の中に浮きあがっている。赤い炎の灯りが、人の顔や、身体に映り、人々は暗い炎の色になっている。

灯りが照らしているのは、人の顔と、上半身だけで、少し離れた場所から見ると、足の先あたりは、ぼんやりとしか見えない。人間たちの上半身だけが、闇に見えているのである。

炎と、何かのあぶらの燃える臭いが、夏木の所まで伝わってくる。

小さく、火のはぜる音も聴こえていた。

時おり、炎から火の粉が跳ね、闇に、細い、赤い光の糸を引いてそれが流れる。

先頭を歩いているのは、ラマ僧である。

僧衣を着ているが、足は、素足のようであった。

次が、柩《ひつぎ》であった。

原色の模様の入った布が、その柩にかけてある。

その柩を、四人の男が担いでいた。

正確には、四人の男が担いでいるのは、柩を載せる台である。柩よりひと回り大きな台の両側に、二本の棒が前後に渡されて、その棒を、四人の男たちは肩に載せているのである。

前にふたり、後ろにふたり――ちょうど、丈夫な担架を四人で肩に担ぎ、その上に柩を載せているような風に見える。

その柩の周囲と後方に、何人かの人間が歩いている。

歩いている人間の中には、女も混じっていた。

僧の呪言《ずごん》の声が、闇の中からゆっくりと近づいてきて、また遠ざかってゆく。

この葬儀の列は、さっきから、ひとつの寺の周囲を、ひとりのラマ僧を先頭にして、何度も右回りにまわっているのである。

トゥルナン寺――

チベットの拉薩《ラサ》にあるラマ教の寺だ。

死んだ人間は、二日か三日、その家に安置された後、こうして、この寺の周囲を回ることになる。

これが、魂の抜け出た屍体《したい》と、その屍体の家族との最後の別れとなる。

昼間は、参拝者でごったがえしていたトゥルナン寺の門の周囲も、今は人影がない。

その門から、寺へと続く石畳の上に、何人もの人間の身体が伏しているのを、昼間、夏木は見ていた。

五体投地《ごたいとうち》――

それは、仏教における参拝の方法である。まず、自分の五体を、前向きに大地に倒し、俯《うつぶ》せの姿勢になる。手は、倒れた姿勢で、自然に前に投げ出す。参拝者は、身を起こして、自分の手が触れていた大地のその場所に立ち、また、前方に身体を倒す――

こうして、自分の身長ずつ、前へ進みながら参拝するのが、五体投地である。

ラマ教においては、特にこの方法で参拝する者が多い。

人によっては、この拉薩から、何年もかけて、聖なる山であるカイラース山まで、五体投地でゆく者がいる。

繰り返されるその五体投地で、寺の石畳が、つるつるに滑らかになっているのを、夏木も眼にしている。

起きあがっては地面に伏し、また起きあがっては地面に伏す、その五体投地の参拝者の姿が、今はない。

ただ、炎の灯りと共に、葬列者の集団が、ラマ僧の呪言の声を先頭に寺の周囲を回っている姿があるばかりであった。

やがて、寺院を回るのをやめて、柩を担いだ男たちが歩き出した。

僧や、柩の周囲にいた人間たちはその場に残り、歩き出したのは、柩を担いでいる四人の男たちだけであった。

松明は、二本である。

前の、右側の棒を担いでいる男が一本の松明を持ち、後方の、左側の棒を担いでいる男が、もう一本の松明を持っている。

深夜——

というよりは、真夜中過ぎから始められたこの儀式は、すでに早朝と呼べる時間帯に入ろうとしていた。

しかし、天には、まだ無数の星が光っている。

黒い、透明な空であった。

そこで光っている星の量は驚くほどであった。これほどたくさんの星が、空にあったのかと思う。

その、天の下を、黙々と、四人の男たちは柩を担いで歩いてゆく。

土とレンガでできた家の間を通り、微《かす》かに人糞《じんぷん》の臭いのする路地を曲がる。

大地近くに溜《た》まった動かない大気の中には、獣の臭いや、汗の臭い、火の匂い、その他、バターの匂いやら、得体の知れない香料の匂いやらが、濃く溶けていた。

大気は、幾重にも層になって重なっているようであり、その層のどれかに、特定の臭いが、特に強くわだかまっている。

柩の後を追ってゆくと、ふいに、そういう層のひとつにぶつかって、強い獣臭を嗅《か》ぐこともあった。

セーターを着、その上に軽く上着をひっかけているのだが、それでも、冷気は、衣服の繊維の間を通って、肌まで届いてくる。

標高、三六三〇メートル。

ここは、ヒマラヤに近い、宇宙の底にむき出しになった街なのだ。

夏木の肌に届いてくるのは、宇宙の冷気である。

松明の後を追ってゆくと、いつの間にか、街をはずれ、なだらかな山の斜面を登っていた。岩と、土の斜面であった。

天が、広くなった。

銀河が、頭上に、斜めにかしいでいる。

その星の天に向かって、柩を担いだ男たちは、ゆっくりと登ってゆく。

わずかに、風があった。

高度をあげてゆくにつれて、風が強くなってくる。

夏木は、ヘッドランプを点《つ》け、その灯りで、岩だらけの大地を照らしながら、斜面を登っていった。

前方を進んでいた、柩が止まった。

数歩、足を前に踏み出してから、夏木はそのことに気がつき、足を止めた。斜面の少し上で止まった灯りは、動き出さなかった。

すぐに、夏木は、その灯りが、どうやら自分を待っているらしいことに気がついた。

迷ったのは、わずかの時間であった。

夏木は、歩き出していた。

じきに、斜面の上方で止まっていた灯《あか》りに追いついていた。

「あんたか……」

と、柩の前の棒を担いでいた男が言った。

松明を右手に握ったチベット人の老人であった。

肌の色こそ黒いが、貌《かお》だちそのものは日本人にそっくりであった。髪と、髯《ひげ》に、白いものが混じっている。

眼の周囲には、深い皺《しわ》が刻まれていた。炎の灯りが、その皺の谷間に、濃い影を造っていた。

「見に来てもいいと言われましたので――」

たどたどしいチベット語で、夏木は言った。

「いいとも」

老人はうなずいた。

年齢は、七十歳くらいであろうか。

しかし、日本人よりも、老けるのが早いから、案外、やっと六十歳になったかどうかという年齢であるのかもしれない。

他の三人は、ズボンをはき、人民服の上着を着ていたが、その老人だけは、昔ながらのチベッタンの服装であった。ぼろぼろの、羊の毛で編んだ、あずき色の服を着ている。

足に履いている靴だけが、布製のズック靴であった。

靴の、左右の爪先の部分が破れていて、左右の親指が、そこから覗《のぞ》いていた。

老人も、残りの三人も、腰に、布の袋を下げていた。

老人以外の三人は、三十代から四十代にかけての男たちであった。

夏木が知っているのは、老人の名前だけであった。

ドルジ——それが老人の名である。

他の三人の男の名は知らない。

強い異臭が、四人の男たちの身体から放たれていた。

血の臭いとも、腐臭ともつかない臭いであった。顔をそむけたくなるような臭いだ。

屍体の持っている臭いが、その男たちの肉体に染み込んでしまっているらしい。

「ついてきなさい」

夏木にわかるように、ゆっくりとした言葉で老人は言った。

その後、老人は、夏木にはもう聴きとれない早い口調で、三人の男に何かを告げた。

柩《ひつぎ》が、また動き出した。

夏木も、また、足を前に踏み出した。

柩の、すぐ後方について歩く。

高い標高のため、息があがっている。

微かな頭痛が、頭の芯《しん》にあった。軽い、高山病の症状が出ているらしい。富士山の頂上あたりと、ほぼ同じ高さにある街に、今、夏木はいるのである。

拉薩に着いて、四日目であった。

いくらかは、その標高に身体は慣れてきているのだろうが、それにしても、酸素は薄いのだ。

「鳥葬を見ることができるよ」

そういう情報を、夏木が得たのは、拉薩に着いた四日前であった。

その情報を教えてくれたのは、バックパッキングで、中国を、もう二カ月も旅行しているという日本人の学生であった。

それを耳にした時、一瞬、夏木は信じられなかった。

「本当に？」

夏木は訊《き》いた。

「ええ。白人連中からは、見物料を取ったりしますけど、日本人は、無料で見ることができますよ──」

「見物料って、チベットでは、鳥葬を商売にしてるの？」

「屍体《したい》を解体して、鳥に喰《く》わせる専門職の人間がいるんですけどね。彼等が勝手に、金をとってるんですよ」

陽に焼けた顔に、白い歯を見せて、日本人の青年はそう言った。

不精髯が、濃く伸びて、もみあげまでつながっている男であった。

「自分は仏教徒で、ダライ・ラマを信仰しているって彼等に言えば、お金はとりませんよ。白人がダライ・ラマを信仰しているって言っても嘘っぽいけど、日本人なら、大丈夫です――」

その青年は、簡単なチベット語と筆談で、屍体の解体人たちに、自分は仏教徒であると説明して、鳥葬を見せてもらったのだという。

「けっこうえげつない光景ですけど、感動したなあ」

「それは、いつでも見られるの？」

「一週間拉薩にいるなら、まず見ることはできますよ。拉薩の人口が十万人くらいですから、三日にひとつくらいは、鳥葬の屍体がでるんじゃないですか――」

青年は、夏木に向かってそう言った。

名前も訊かずに、青年とはそこでわかれた。

青年は、これから、バスを乗り継ぎながら、カイラース山まで行ってみるつもりなのだと夏木に告げて、背を向けた。

短パンをはいた青年の健康そうなふくらはぎが、夏木の眼に眩《まぶ》しく映った。

八月――

夜は冷え込むが、日中は、短パンにTシャツでも大丈夫なほど、気温が上がるのだ。

夏木は、三十二歳になる。

独身だ。

都内で、小さなデザイン事務所をやっている。三人の人間を使って、仕事をしているが、大手の広告代理店の下請けが多い。仕事は忙しく、そのわりには収入は多くない。

眼の前を流れてゆく金の額を考えれば、夏木の手元に残る金は、信じられないほど安い。

安いが、金が流れれば、夏木のところに金が落ちる。水垢《みずあか》のような金だ。

それでも、同年齢のサラリーマンの平均よりは、多い収入がある。

しかし、土曜も日曜もない。働きずくめである。

年に一度、まとめて一週間ほどの休みをとって海外に出る他は、休みなしに働く。

今年、ようやく、やりくりして、無理に二週間の休みをとった。

その二週間の時間の全てを、チベット旅行にあてたのである。

チベットは、学生時代に、山をやっていた頃からあこがれていた土地であった。

大学を卒業して就職した広告代理店を三年目でやめたのも、山をやりすぎたためであった。自分で、小さな事務所を開き、ほどほどに仕事を取りながら山にゆく時間を作るつもりだったのが、自分の事務所を持った途端に、かえって自由が失くなった。

仕事にも欲が出て、結局、人を三人使うようになり、山に入る時間もなくなってしまったのである。

長期の遠征で、外国の山に入ることはできないが、旅行者としてチベットの土をその足で踏むことはできるだろうと、以前から準備をし、ようやく実現した旅であった。

そして、初めてチベットをその足で踏んだ日に、日本人の青年から、鳥葬の話を聴かされたのであった。

青年に教えられた場所に、ドルジという老人を訪ねたのは、二日前である。

ドルジは、たどたどしいチベット語を話す夏木を、家の中へまねき入れ、バター茶をいれてくれた。

岩塩とバターとを、茶の中に溶かし込んだ茶である。

ドルジは、独り暮らしであった。

その家には、異臭が満ちていた。いやな臭いだった。

その臭いを嗅《か》いでいると、胃に、瘤《こぶ》のようなものが生じて、それが食道をせりあがってきそうな気分になる。

今にして思えば、それは、屍体の臭いであった。

解体人をやっているドルジの身体にも衣服にも、その臭いが染みついてしまっているのである。

「この家には、あまり、人は訪ねてはこないよ」

バター茶を飲みながら、ドルジはそう言った。

ドルジは、寡黙であった。

短い言葉しか口にしない。

夏木は、ドルジに、自分は、日本の仏教徒であることを告げた。ダライ・ラマを信仰していることは言わなかった。

「鳥葬を見せてもらえますか」

ドルジに向かってそう言うと、

「いいよ」

と、ドルジは言った。

「二日後の晩に、トゥルナン寺に来れば、最初から見ることができる」

ドルジの言い方は淡々としていた。

しかし、夏木には、まだ不安があった。

鳥葬といっても、その屍体は、ドルジの家族の誰かではないはずであった。

ドルジとは他人のはずである。

他人のドルジが、屍体の家族と相談もせずに、鳥葬を見に来いと外国人の自分に言ってしまうことが、夏木には不思議であった。

「屍体の家族の人たちの許可をもらわなくてもいいのですか？」

それだけのことを、長い時間をかけて、ようやくドルジに訊いた。

「いいよ」

という、あっさりした同じ返事が返ってきただけであった。

それで、夏木は、二日後の今夜、トゥルナン寺へ出かけてきたのである。

黙々と、柩は、岩の斜面を運ばれて行った。

夏木の足が、岩を踏むたびに、小さな音がしていた。

右足に履いた、軽登山靴の、ビブラム張りの靴底の透き間に、小石がはさまったらしい。

その小石が、岩の上に右足を踏み出すたびに、岩に触れて、音をたてているのである。

始めは気になったが、歩いているうちに、そのことは意識から消えた。

山の斜面の上方に、黒々とした大きなものが、星の夜空を区切って見えてきたからである。

それが、鳥葬台であった。

「ホウ」

ドルジが、小さく、細い声をあげた。

3

背中を掻《か》いている。

背中の中心が、むず痒《がゆ》いのだ。

喫茶店の椅子に座りながら、背に右手を伸ばし、つい、そこを掻いてしまうのである。

具体的な痒《かゆ》みではなかった。

あるかなしかの痒みだ。

意識しなければ、それですむような痒みである。

しかし、一度、気にしだすと、つい、そこへ手が伸びてしまうのだ。

もう、半年以上も、続いている痒みであった。

背を掻いていると、背だけではなく、全身が痒くなってくる。首、肩、脚、腕、眼球の表面――そのうちに、脳や、内臓まで痒くなってくるのである。

内臓の痒みは、どうしようもない。

伸びた指の爪で、胃や、腸や、心臓を掻きむしりたい気分になる。

眼球の裏側や、肝臓の表面を、無数の小さな蟻《アリ》が這《は》っているような気がしてくる。

そして、その痒みは、ふいに、一瞬、鋭い痛みに変わる時もあった。

今は、背中が痒い。

しかし、背中が痒いからといって、背を掻き始めると、決まって、その痒みの範囲が広がるのはわかっている。

広がって、内臓や眼球だけでなく、骨まで痒くなってしまうのだ。

しかし、それでも、つい、手が伸びてしまうのだ。

鳥の夢を、よく見るようになった頃から、背の痒みも始まったように思う。

いや、もしかすると、鳥の夢よりも、背の痒みの方が先であったかもしれない。

どうして、こんな風になったのか。

正確に言うなら、チベットから帰ってきてからである。

九月の半ば頃には、夢も、痒みも始まっていたように思う。

無理に、背を掻く手を止めた。

コーヒーカップに手を伸ばして、コーヒーを飲む。

ブラックのコーヒーの味が、口の中に広がり、ぬるい温度が、食道を胃へと下ってゆく。

その時、夏木は、ようやく、店内に低くピアノの音が流れているのを知った。

人の声や、店内のざわめきが、耳に届いてきた。

夏木は、軽く息を吐いた。

あの、鳥葬の光景が、まだ、眼に焼きついている。

強烈な光景であった。

ああいうものを眼にしたから、鳥の夢を見るようになったのだと、夏木は思う。

鳥葬――と、夏木は頭の中で思いかけてから、

「天葬《てんそう》か――」

そう、口に出してつぶやいた。

ドルジ老人と、鳥葬について話していた時、鳥葬は、あくまでも日本語に訳された言葉であり、チベットでの言葉を正確に日本語にするなら、天葬と、そう呼ぶ方がふさわしいことに、夏木は気がついたのである。

鳥葬というのは、人の肉体を天に葬る儀式なのだ。

鳥は、あくまでも、人の肉体を天に葬るための仲介者にすぎない。

屍体《したい》は、空を飛ぶ鳥に喰《く》われることによって、天へ昇ってゆくのである。

夏木は、視線を、テーブルのコーヒーカップに落とした。

コーヒーカップの中で、コーヒーが、ゆるくまわっている。

コーヒーを飲む時に、カップを揺すって、知らぬ間に中の液体を回してしまう、夏木の癖であった。

ブラックのコーヒーを飲んだはずなのに、口の中に残っているのは、塩分を含んだバター茶の味であった。

バターと、岩塩の塊が、口の中に残り、歯で、岩塩を噛《か》んで潰《つぶ》した時の感触までが、蘇《よみがえ》った。

ゆっくりと、カップの中で、コーヒーが回転を止めようとしていた。

その回転の動きに合わせて、何か、別のものが、その表面で動いていた。

黒い、ゴミのようなものだ。

それが、コーヒーの表面に浮いているゴミなのか、浅く沈んでいるゴミなのか、夏木にはわからない。

それは、ゆっくりと回っていた。

その黒いものの回転を見つめていると、ふと、コーヒーカップの中に引き込まれそうな気分になる。

その黒いものには、翼があった。

鳥？

夏木が思った時には、それは、黒い鳥の姿になっていた。

それは、コーヒーの表面を舞いながら、ゆっくりと、夏木に向かって近づいてくる。

下から近づいてくるということは、コーヒーカップから、夏木の顔に向かって昇ってくるはずなのに、夏木には、その鳥が、自分に向かって舞い降りてくるように見えた。

近づいてくるにしたがって、鳥の姿が大きくなってくる。

ふいに、その鳥が、コーヒーカップを飛び出して、夏木に飛びかかってきた。

夏木は、小さく声をあげて、顔を手でおおった。

コーヒーカップが倒れていた。

顔をおおうために動かした夏木の右手が、コーヒーカップに触れたのである。

「どうしました、夏木さん」

肩を叩《たた》かれていた。

夏木は、声の方へ視線を向けた。

そこに、待ち合わせの相手の男が立っていた。

男は、心配そうな顔で、夏木の顔をのぞき込んでいた。

4

山の斜面にあるその石は、高さが五メートル以上もあった。

上面は、平らになっているが、きっちりした水平の平面ではない。凹凸《おうとつ》があり、斜面の下方に向かって、いくらか斜めにかしいでいた。

岩の表面には、二十個余りの穴がうがたれていた。直径が、四十センチから五十センチくらいはある、円形の穴だ。

人為的にあけられた穴である。

深さは、三十センチほどであろうか。

四人の男たちは、斜面の上方から、その石の上に、柩《ひつぎ》ごと降り立った。

下から、その岩の上に登るのは難かしいが、斜面の上からだと、楽にその岩の上に立つことができるのである。

夏木は、その岩の上には立たずに、岩の近くの斜面の上から、その光景を見つめていた。

柩にかけられていた布がとられ、柩の中から屍体が取り出された。

穴に、松明《たいまつ》がたてかけられ、その炎の灯《あか》りに、屍体が見えている。

ドルジが、低い声で何かを命ずると、三人の男が、たちまち屍体の服を脱がせ、男の屍体を裸にした。

天には、まだ、星がきらめいている。

宇宙が、そのまま見えているような星空であった。

むき出しの宇宙だ。

その宇宙の中へ、このチベットの大地ごと、地球から突き出されてしまったような気分になる。

屍体は、星空に背を向けて、俯《うつぶ》せにされた。

微《かす》かに、東の地平の空に、赤みが差しているように見える。

四人の男たちは、腰の袋の中から、それぞれ何かを取り出した。

重い、金属の鉈《なた》のようなものだ。

しかし、日本でいう鉈よりは、先が尖《とが》っている。

そして、先が平らに潰された鉄の棒。

夏木は、斜面に立って、男たちを見つめていた。

夏木の足元には、無数の骨片や、人の髪の毛の束が落ちている。

作業は、ふいに始められた。

炎の灯りが揺れ動く屍体の背へ、ドルジの握った刃物の先が、無造作に潜り込んだ。

どきりとするほど、深い。

背骨に沿って、その刃物が縦に動く。いったん抜かれた刃が、また、屍体の背へ潜り込んだ。背の左側だ。その刃が、左から右へと、屍体の背を動いた。
十文字の傷が、背につけられた。
その時には、すでに、他の人間も作業を始めていた。
ひとりの男が大きく振りあげた鉈が打ち下ろされ、屍体の首の後ろへ潜り込んだ。
刃が、肉に潜り込んで堅い骨を削る音が響いた。
むろん、その一撃で、首は落ちない。
何度も鉈が打ち下ろされ、その度に傷口が開いて、首が奇妙な角度に曲がってゆく。
どろりとした赤黒い血が、その傷口から石の上に這《は》い出てくる。
首が、落ちた。
次が、腕であった。
次が、脚であった。
脚も、腕も、その根元から切断された。
脚を落とす時には、何度も何度も鉈を打ち下ろした。
刃が、下の石に当る、堅い音が響く。
それでも、刃こぼれを気にもとめず、男たちは、鉈を打ち下ろしてゆく。
首。
胴。
右腕。

左腕。
右脚。
左脚。
屍体は、六つの部分に切り離された。
次が、皮むきであった。
背から、皮がむかれると、白いような黄色いような脂肪の層がむき出しになった。
皮は、なかなかむけない。
時間がかかる。
途中で切れたり、大量の肉片をつけてむけてくる皮もあった。
器具と、素手とで、男たちはその作業をするのである。
首を残して、屍体の皮がむかれた。
むいた皮は、そのまま石の上に放り出されたままだ。
次が、切り落とされた人体の各パーツを、さらに小さくする作業であった。
胴の腹が裂かれ、中から、次々に内臓が取り出されてゆく。
身体とつながっている腸などは、鉈で切られてから、外へ掻《か》き出された。
掻き出した内臓を、鉈で、さらに切り刻む。
黒い血で、男たちの手は血にまみれていた。
人間の胴は、内臓を掻き出されると、驚くほど貧弱になった。

胴の背へ、鉈が打ち込まれる。

背骨に傷をつけて、折れ易くするためらしかった。

その時になって、ようやく、夏木は、岩の表面にあけられた穴の意味がわかった。

小さくなった人体のパーツを穴の中に入れ、そこへ、石を落とすのだ。その石で、骨を砕き、さらに人の肉体を細かくしてゆくのである。

深さが三十センチほどの穴から、屍体《したい》の足首が奇妙な角度に突き出ている。そこに、石を落とす。骨と石のぶつかる音がして、骨が砕ける。

背骨が、一番頑丈であった。

その背骨を、ふたりがかりで折り、一番大きな穴の中へ突っ込んで、石を落とす。背骨が折れる。折れてはみ出したそれを、また穴の中へ押し込み、石を叩きつける。

いつの間にか、星は消えかけ、空が、蒼《あお》く透明に澄み始めていた。

東の空が、明るい。

その東の空の明りで、四人の男たちの作業が、見えているのである。

松明の炎は、すでに消えていた。

ドルジが、首を持って、石の上に膝《ひざ》を突いた。

右手にナイフを握って、頭から、髪を皮ごとめくりあげてゆく。

そのとき、ドルジの手の中で、首が、両眼を開いた。

首の眼球が、星の消えてゆく天を睨《にら》んだ。

夏木の心臓が音をたてた。

すぐに原因がわかった。

髪を皮ごとひきはがす時に、皮が引っぱられて、首の目蓋《まぶた》を開かせたのである。

ドルジが、首を手にして、後頭部を天に向けた。

左足を、その首にかけて固定し、両手に握った、先を平らにした金属の棒を、首と頭部との接合部に、潜り込ませた。

めりっ、という音がして、金属棒の平たく潰《つぶ》された先が、頭の内部へ潜り込んだ。

こじる。

ふいに、いやな音とともに、頭部が上下に割れた。

灰色をした脳が、そこから取り出された。

脳は、堅い豆腐のようであった。

その頭部を穴の中へ入れ、石を落として頭蓋骨《ずがいこつ》を割る。

作業は、さらに細かくなっていた。

小さくなった人の身体を、骨と肉とに分ける作業になった。大きい骨は、さらに小さく砕かれ、肉がたくさん付いている骨からは、その肉が、はがされてゆく。

東の山の端から、陽光が石の上に差した。

屍体の身内は、誰も石の上にはいない。

事務的な作業で、屍体を小さくしてゆく男たちが、そこにいるだけである。

その石の向こうの下方に、拉薩の街が見えていた。

ポタラ宮が、ようやく、陽光を浴びたところであった。

ようやく動き始めたらしい、静かな街のざわめきが、斜面を登ってくる風の中に、とぎれとぎれに聴こえてくる。

思い出したように、夏木は天を見あげた。

蒼い空の陽光の中に、ゆったりと旋回している鳥の影があった。

ハゲワシであった。

どこから飛んできたのか、その一羽のハゲワシは、高い風の中を、悠々と舞っていた。

作業はさらに続けられた。

骨と肉とに分けられた人体は、すでに、ただの肉塊であった。

その肉と内臓の部分を、ふたりの男が、穴の中に入れ始めた。

細かく砕いた骨だけを、石の上に残すつもりらしい。

ドルジと、もうひとりの男が、何かを、骨の塊の上に撒《ま》いて、こねはじめた。

ドルジが、初めて夏木を振り返った。

「それは、何ですか？」

夏木が訊《き》いた。

「ツァンパの粉さ」

ドルジが、眼を細めて答えた。

ツァンパというのは、チベット人が主食にしている、パンである。

そのツァンパの粉を、骨にまぶして、両手でこねているのである。

骨といっても、小さな肉片がへばりついている。

何ともいえない色になってゆくそれが、人の肉であるということが、夏木には信じられなかった。

その時には、すでに、肉片は、全て、穴の中に入れられていた。

ひとりの男が、その上に、布をかぶせた。

石の上に見えているのは、ツァンパの粉をまぶされた肉片を付けた骨だけになった。

男たちが、手に道具を持って、石の上から斜面に上ってきた。

夏木の横に並んだ。

顔をそむけたくなるような臭いに、夏木は両側から挟まれた。

右側の男は、屍体から脱がせた服と、屍体の頭部からドルジがはいだ髪の毛を握っている。

石の上に、ドルジだけが残った。

ドルジは、天を見あげた。

いつの間にか、頭上の空に、何十羽ものハゲワシが舞っていた。

ドルジは、両手を天に差しあげて叫んだ。

「チョイヤー」

「チョイヤー」
ふた声、高い、澄んだ声が天に響いた。
それが合図だった。
天を舞っていたハゲワシの群が、石のように、岩の上に向かって落ちてきた。
ドルジが、岩の上から斜面に上る前に、最初の一羽が、舞い降《た》りていた。
ハゲワシの群が、岩の上に降り立って、声をあげて、骨を喰べ出した。
ハゲワシは、巨大な鳥であった。
大きいものは、翼を広げると、三メートル近くはありそうに見えた。
数十羽のハゲワシの群が、凄《すさ》まじい勢いで、人の骨を喰べてゆく。
渇《かっ》。
渇。
とハゲワシが骨を啖《くら》うその音が聴こえてくる。
ハゲワシが骨を喰《く》いつくすまでには、いくらもかからなかった。
時間にして、三十秒もあったかどうか。
たちまち、骨は石の上から姿を消し、またハゲワシが天に舞いあがってゆく。
ドルジと、三人の男が、また、岩の上に降りた。
まだ、小さな骨片をついばんでいる数羽のハゲワシを、
「チャイ」

と言いながら空に追いたててゆく。

「チャイ」

次が、肉片であった。

肉を入れた穴の上にかぶせてあった布を取り、そこから、両手で肉をすくいあげ、岩の上に撒いてゆく。

肉を撒き終えると、また、ドルジが、天にむかって、叫ぶ。

また、あっけないほどの時間で、肉が喰いつくされた。

肉を喰いつくしたハゲワシは、空に舞いあがって、思い思いの方向へ飛んでゆく。

まだ、頭上で舞っているハゲワシもいれば、低く舞い降りて、何か未練がありそうに、また天に昇ってゆくハゲワシもいた。

岩の上に、はじめて、夏木は下りた。

肉片は、きれいに消えていた。

血で濡《ぬ》れた岩の上に、小さな骨片が散っているだけであった。

人の肉体であったものは、跡形もなく、そこから消えていた。

天と同じように、すがすがしいほど、何もない。

見上げれば、一羽のハゲワシだけが、頭上の風の中を舞っているだけであった。

5

桜を、見ていた。

事務所の近くにある公園の桜である。

満開の桜であった。

風が吹く度に、花びらが枝から離れてゆく。

その桜の下のベンチに腰を下ろし、夏木は桜を見上げているのである。

花の向こうに、青い空が見えている。

チベットの、黒いほど透明なあの蒼《あお》い空ではない。

春の湿り気を、大気の中にたっぷりと含んだ日本の空であった。

喫茶店で打ち合わせをすませ、事務所にもどる途中で、この桜が眼にとまり、そのまま花の下のベンチに腰を下ろしたのだ。

すぐ向こうに、滑り台があり、親子連れがそこで遊んでいる。

母親がひとりと、三歳くらいの女の子がひとり。

枝を離れた花びらは、そこまでも運ばれてゆく。

桜や、その親子連れをぼんやり眺めながら、夏木は、いったい、自分はどうしてしまったのかと考えている。

軽いノイローゼになっているのかもしれなかった。

仕事の疲労が溜《た》まって、おかしな鳥の幻影を見てしまうのだ。

ぼんやり桜を見上げていると、あの、チベットでの光景が、頭の中に蘇《よみがえ》ってくる。

「ツァンパの粉をまぶすのは、骨を喰べやすくするためさ」

老人の言葉が蘇った。

老人——ドルジは、岩のそばで、屍体《したい》の髪と、屍体が着ていた服を火で燃やしながら、そう言った。

「でも、どうして、死んだ人の家族は、ここに来ないんですか？」

夏木は訊いた。

「人間というのは、魂のことなんだ」

ドルジは、少し考えてから、そう言った。

「魂？」

「そうさ。わしの名はドルジというのだが、ドルジというのは、わしの魂のことなんだよ。あんたもそうさ。名でなくたっていい。あんたと、わしはおまえさんのことを呼んだが、それは、おまえさんの魂に声をかけているのさ。今は、あんたという魂がそのからだの中にいるから、そのおまえさんのからだも含めて、わしはあんたと呼んでいるのだが、もし、おまえさんが死んで、あんたの魂が肉体から出て行っちまったら、その肉体は、ただの肉体であって、もう、あんたではないのだよ」

ドルジは言った。

ドルジのその言葉を、夏木は何度も問いなおし、筆談と、身ぶりと、そしてたどたどしいチベット語とで、自分なりにそういうものであろうと理解したのだった。

だから、魂の離れた肉体は、もう、家族とは関係のないものになってしまうのだと、ドルジは言った。

夏木は、そのドルジの言葉を聴いて、何故、彼等が、こうも無造作に、もののように人の肉体をあつかえるのか、それがいくらか理解できたような気がした。

ドルジは、東チベットのカムパ族の人間である。

赤い紐《ひも》を巻き込んで、その髪を頭の上にとめている。

その鮮紅色が、血の赤のように見えた。

「こうやって、骨も肉も何もかもを、鳥に喰わせちまうのさ。骨や肉を、ひとかけらでも鳥が喰べ残すと、魂は天へゆけないんだ。だから、仕事はていねいにやらないとね」

ドルジは言った。

「だけど、ここには、たくさんの骨が散らばっているね」

「あれは、おれたちの仕事じゃない。いいかげんな奴等がやった仕事さ。だから、髪の毛も焼かずに、放り出したままになっている。まだ、少しの肉や骨が岩の上には残ってるけどね。次の屍体をここで鳥に喰わせる時には、その残った骨も肉も、きれいになくなるはずさ——」

ドルジは、少し黙り、ふいに夏木を見てから、

「——わしが死んだら、そこの三人が、この身体を、きれいに鳥たちに喰わせてくれるよ」

そうつぶやいた。

その時の、低い声が、まだ、夏木の耳の中に残っている。

夏木は、ベンチから、ゆっくりと立ち上がった。

桜の木の下から離れながら、もう一度桜を見上げた。

その見上げた夏木の顔の上に、青い空から、真っ直《ます》ぐに落ちてくるものがあった。

鳥だ。

夏木の背に、寒いものが走り抜けた。

あわてて横に飛んで逃げた。

それは、夏木の左の肩口をかすめ、真っ直に地面に嘴《くちばし》から落ちてぶつかった。

鳥であった。

黒いハシブト鳥が、嘴から地面にぶつかって、そこで死んでいた。

夏木は、あわてて、天を見あげた。

いつの間にか、信じられない数の鳥が、夏木の頭上に集まって空を舞っていた。

四十羽くらいはいるであろう。

激しい声で、鳥は、夏木の頭上で哭《な》きかわしていた。

母親が、子供を抱え、不安そうな顔で天を見あげていた。

ゆっくりと、夏木は、公園を出た。

夏木の歩く方向へ向かって、鳥の群が移動してくる。

何羽かの鳥は、低く、攻撃をかけようとでもするように、夏木の頭上近くまで舞い降りてくる。

幻覚ではなかった。

本当に、自分の頭上を鳥が舞い、自分の後をつけてくるのである。

恐怖を覚えた。

近くに来たタクシーを停めて、乗り込んだ。

事務所まで、行ってもらおうと考え、すぐにその予定を変えた。事務所では近すぎるからと、タクシーの運転手を気遣ったのだ。

少し離れた、自宅のあるマンションの名を、夏木は運転手に告げた。

タクシーが走り出した。

窓から見上げると、鳥が、タクシーを追ってくるのがはっきりわかる。

「凄《すご》い鳥ですね」

運転手が、薄気味悪そうに言った。

夏木は、そうですねと答えたのだが、その声が震えていた。

マンションの前に車が停まった時には、さすがに、運転手も、鳥が自分の車を追ってきていることに気がついていた。

金を払ってタクシーを下り、夏木は、建物の中へ駆け込んだ。駆け込む寸前に、すぐ後ろに羽音が聴こえ、後頭部を強く鋭いもので突かれていた。

鳥の嘴であった。

四階の、自分の部屋に入り、ドアに鍵《かぎ》をかけた。

閉めてあった窓のカーテンを開けた。

そのカーテンの向こうを見、思わず、夏木は後方に飛びのいていた。

ガラスのすぐ向こうに、無数の鳥が舞い、嘴がガラスを叩《たた》いていた。こつんこつんと、嘴がガラスに当っている。

鳥の開いた嘴と、その黒い眼が、不気味であった。

鳥の翼が、窓にあたって音をたてている。

せわしく鳴きかわす鳥の声も、届いてきている。

窓の下のベランダにも、おびただしい数の鳥がいた。

どうなってしまったのか!?

半分吊《つ》りあがった眼で、窓を睨《にら》み、その眼を電話に向けた。受話器を握って、それをすぐにもとにもどす。

どこへ、どういう電話をしたらいいのか見当がつかない。

部屋の中と窓を、いたずらに視線が動いた。

その視線が、部屋のひと隅に止まった。

そこに、ザックと、軽登山靴と、寝袋とが置いてあった。

チベットから帰り、そこに荷と靴を置いて、そのままになってしまっているのである。

仕事が山積みになっていて、それをきちんとかたづけずにいたのだ。正月は、九州の実家に帰っていて、やはりかたづける時間がなかったのである。

無意識のうちに、その、ザックと靴のそばに歩み寄った。

ザックは、あいていた。

そこから、下着を取り出して、そのままにしてあったのだ。

ザックに手を伸ばし、それに触れた。

窓の外で、激しく、鳥が哭いた。

続いて、夏木は、靴に手を伸ばした。

鳥が、さらに激しく哭き、窓に狂ったようにぶつかってきた。

飢えきった獣のようであった。

〝もし、肉でも骨の一片でも鳥が喰《た》べ残すと、魂は天にゆけないのさ〟

そう言った、ドルジの言葉が、ふいに頭に蘇った。

夏木が、握っているのは、右の軽登山靴であった。

夏木の脳裏に、ひらめくものがあった。

登山靴を裏返していた。

そして、夏木は、そこに、それを見つけていた。

登山靴の靴底には、滑り止めの刻みが入っている。

その刻みのひとつに、小さな石がはさまっていた。

それではなかった。

その石の右横だ。

そこの刻みの溝にも、何か、白いものがはさまっていた。石ではなかった。

小さな骨であった。

「こいつか⁉」

夏木は、ナイフで、その骨を溝からこじり出した。

続いて、冷蔵庫を開ける。

豚肉が入っていた。

それを取り出して、その肉をテーブルの上でナイフで刻んだ。

夏木の脳裏に、あの岩の上で、骨と肉を刻んでいた男たちの姿が浮かんでいた。

ハゲワシが去った後、夏木は、あの岩の上に、軽登山靴で下り立っている。

その時に、ハゲワシが喰べ残した骨のひとつを踏み、その骨が、靴底の溝にはさまったのだ。

刻んだ、生の豚肉に、夏木は、靴底からとった骨を混ぜた。

窓へ近づいた。

鳥の群が、狂ったようにガラスを嘴で突いた。

嘴から血を流している鳥もいた。

窓を、小さく開き、骨を隠した肉片を、ベランダに放り投げた。

すぐに窓を閉めた。

指先から、血が出ていた。

飛びついてきた鳥の嘴に突かれたのだ。

ベランダでは、鳥が黒い塊になって、肉を漁《あさ》っていた。

黒い、一頭の、飢えた獣のように見えた。

それは、ほんの、十数秒であった。

十数秒で、ベランダの肉片は、きれいになくなっていた。

骨も、そこには残ってはいなかった。

あれほど狂っていた鳥の群が、たちまち、一羽、二羽と空に飛び立って、すぐに、ベランダからも窓からも、鳥は姿を消していた。

青い空に、去ってゆく鳥の姿が、ぽつん、ぽつんと見えているだけであった。

夏木が、ようやく、太い息を吐き出したのは、鳥の姿が全て見えなくなってからであった。

何が自分の身にふりかかっていたのか、はっきりはわからないが、とにかく、それは終ったようであった。

髑髏盃《カパーラ》

1

それは、本当に、何気なく買ったものであった。

バイオレンスだの、エロスだのと言われている小説を、もう何年にもわたって好きで書いているものだから、それについての知識は前々から資料などで眼にして知っていた。

小説の中で、実際に使ったことも、一度ならずある。

それ、というのは、カパーラのことである。

詳しく話そう。

すでに一昨年《おととし》のことになるが、ネパールヒマラヤに出かけたことがある。

鶴を見に出かけたのだ。

ネパールという土地は、季節風《モンスーン》の関係で、ただひたすら、雨ばかり降り続く時期がある。日本で言えば、梅雨のようなものだが、その規模はもっと大きい。

夏の季節風期《モンスーン》は、六月の上旬から、九月下旬までのおよそ三ヵ月余りで、この時期に、年間降雨量の八〇パーセント近くが降ってしまう。太平洋の湿気をたっぷり含んだ大気が北上し、ヒマラヤ山塊にぶつかって、山脈の南側に大量の雨をふらせ、軽くなった大気が山脈を越えてゆくのである。

雨とはいっても、それは下界でのことで、七千メートル、八千メートルのヒマラヤの高峰では、それは、全て雪である。

登山には最悪の時期だ。

その雨期が終った途端に、空が晴れわたる。晴れるとなると、こんどは逆に、あきれるほど空の青い晴天が続く。

その晴天を待って、登山者はヒマラヤに登るのである。

晴天を待っているのは、人間だけではない。モンゴルや、シベリアあたりに棲息《せいそく》している鶴もそうである。正確にはソデグロヅルという鶴だ。

そのソデグロヅルが、シベリアから、ジェット気流に乗り、八千メートルに近いヒマラヤの高峰を越えて、インドまで風の中を渡ってゆくのである。

十年以上も前に、日本の登山隊がそれを撮影したフィルムを見たことがあるが、ため息が出るほど美しい光景であった。高い虚空の風の中を、ほろほろと、白い鶴が白い岩《がん》峰《ぼう》を越えてゆくのである。絹の柔らかさと刃物の鋭さを持った白い鶴が、点々と蒼《あお》い天の高みを群をなして飛んでゆくのだ。

その光景を、どうしても肉眼で見たくなってしまったのである。

仕事をやりくりし、出かける朝の四時半まで仕事をし、空港でも原稿を書き続け、カトマンズへ着いてからも、日々書き続け、ようやく仕事をかたづけて、山の中に入ったのだった。

マナスルという、日本には馴染《なじ》みの深い八千メートル峰へ向かう遠征隊があり、名目ばかりの学術班ということで、その遠征隊のメンバーに加えてもらったのである。

鶴がヒマラヤを越えてゆくコースが、いくつか知られており、そのうちのひとつが、マナスルにあるのだ。

学術隊員は、ぼくと、某社のぼくの担当の編集者が一名だった。

そこで、ぼくは、生まれて初めての体験をいくつかすることになったのだった。

高山病にかかり、そして、来る日も来る日も、氷河の上で雪と闘うことになったのである。

季節はずれの大雪にみまわれたのだ。

あちこちの山で、登山者が死んだ。ネパールの気象観測史上初めての規模の雪だった。

下山後に知ったのだが、ベンガル湾にふたつのサイクロンが居座り続け、最終的に、ヒマラヤを越えて行ったのである。

雪のテントの中で、エヴェレストの方ではインド隊が雪に閉じ込められている、という切れ切れのラジオのニュースを聴くと、三日後には、そのインド隊との連絡が途絶えたと、ラジオが告げる。

あちこちの山域で、ぼくらのように雪に閉じ込められている人間たちが、あるいは雪崩で、あるいは食料不足で死んでゆくというニュースを聴くのは、なかなかに怖ろしいものであった。

ぼくは、生まれて初めて、ベースキャンプのテントの寝袋《シュラフ》の中で、登山靴をはいたまま、ナイフを握りしめながら眠るという体験をした。雪崩に襲われた時、万が一生命《いのち》があれば、それでテントを裂いて脱出するためである。

ヒマラヤでの雪崩は、大きいものになると日本の山とは根本的に規模が違ってくる。八千メートルに近い、頂上直下で始まった雪崩が、いっきに数千メートルを駆け抜けて、下の谷やら氷河湖やらになだれ込むのである。

雪とはいえ、氷の塊りと同じである。

ビルひとつ分の氷河の一部が崩れ、無数の氷塊となって、斜面を滑りながら、岩を削り、ひとつの谷をまるまる根こそぎ抉《えぐ》ってしまうことだってあるのだ。無数の氷塊といっても、それだって、そこらの建売り住宅くらいはあるのである。

そんな雪崩に巻き込まれたら、まず助かりようがない。

しかし、それでも、偶然に、巻き込まれたのがその雪崩の端であれば、生きている場合がある。しかも、顔の周辺の雪に隙間があれば、そこの空気を呼吸しながら、どうにか二十分くらいは生きていられるらしい。そして、上をおおった雪の厚さが二十センチを越えていなければ、自力で脱出することも不可能ではないらしいのだ。だが、もし、雪崩に巻き込まれ、生きてもいて、身体もなんとか動く状態であり、空気が二十分ほどあったとしても、ナイフがなければ自力で脱出はできない。

まず、テントがぺしゃんこになって、顔や身体のすぐ上に張りついている。そのテントを、素手では裂けないのだ。

だから、ナイフが必要なのである。

それも、ポケットの中に、ではなく、手の中に持っていなければならない。雪に埋もれた状態で、ポケットの中にあるナイフを取り出すために手を動かせるわけはないのだ。しかし、手にナイフを握ってさえいれば、それで手元の雪を掘りながら、雪上へ穴を造り、なんとか脱出もできるということなのである。

しかし、雪上へ脱け出たとして、足に靴を履いていなければ、ただ、死を先に延ばしただけにすぎないのだ。ベースキャンプとはいえ、標高で五千メートルに近い場所である。マイナス二十度からの世界なのである。靴を履いていなければたちまち足を凍傷にやられて、動くこともならず、死んでしまう。

靴を履いていれば、雪の下から、テントや食料を掘り出す間、なんとか生きてもいられるというものだ。

けれど、ナイフにしろ靴にしろ、あの大自然の中にあっては、なんとささやかな気休めであったろうか。

しかし、そういう気休めにすら、すがりたくなってしまうのである。

足元で、ごう、と雪崩が鳴る。

夜、寝袋の中で、それを背中で聴いているのだ。

背にしている雪が、そのままいっきに動き出してしまうのではないかと思う。

頭上で、また、ごう、と鳴る。

その音が止まらない。闇の中をどんどん近づいてくる。

来る。

目を開いて暗いテントの天井を睨《にら》み、ナイフを握りしめて、歯を喰《く》いしばってしまうのである。

音がやむ。

ほっとすると、あとは絶え間なくさらさらとテントに降ってくる雪の音ばかりである。

そのうちに、雪の音もしなくなる。テントの上に雪が積もってしまったからである。ヘッドランプを点《つ》けると、テントが内側に大きくたわんで、内部がせまくなっている。テントが潰《つぶ》れる前に、起きあがり、内側からテントを叩《たた》いて、フライシートの上の雪を下に滑り落とす。

するとまた、テントにさらさらと積もってゆく雪の音が、耳に届いてくるのである。

不気味な音だ。

暗い灰色の天から、雪は、あとからあとから、無尽蔵に落ちてくる。

七日目に、ついに、雪崩が来た。

夜だ。

いきなり、
どん、
と、テントに雪の塊りが叩きつけてきたのだ。

テントが、強烈な風でちぎれそうに揺れていた。

爆風だ。

眼が醒《さ》めた。

「テントを押さえて下さい！」

一緒に寝ていた編集者は、立ちあがって凄《すご》い形相で、テントの上部を押さえている。

ぼくは、寝袋の中でうつ伏せになり、腕で頭をかばって歯を喰いしばった。

風も、ぶつかってくる雪も、すぐにやんだ。どうやら、中くらいの雪崩が、ぼくらのすぐ上のモレーンで向きをかえ、テントのすぐ横を駆け抜けていったらしかった。

雪崩の先端の圧縮された空気が、曲がらずに大量の雪の塊りと共にモレーンを越え、テントにぶつかってきたのである。雪崩の本体はそれたのだ。

そういうことが、何度となくあった。

ぼくは、生まれて初めて、具体的な死について思い、テントの中で、歯を軋《きし》らせながら、やりかけの仕事のことを思った。いくつかの書きかけの物語をそのままにして死にたくはなかった。

一緒にここまでやってきた編集者のことを思った。彼は何を考えているのだろう。

ぼくは、趣味でここまで来たのだが、編集者がここまで来たのは、たまたまぼくの担当であったという、それだけの理由でしかない。

彼は、ぼく以上に死にたくないに決まっていた。

そういう状況になると、人間がシンプルになる。帰りには、日本に置いてきた妻と子供のことと、仕事のことだけが頭に残っていた全てだった。飛行機のフライト待ちで、タイで一泊する予定になっており、そこでの一夜をどうしたものかと、テントの中で、編集者とよろしくない内緒話などもしていたのだが、そういうもののあれもこれも、きれいにふっ飛んでいた。

夜、ぼくは、寝袋の中で、ヘッドランプを点けて、原稿を書いた。

そんな時に、隣りの寝袋から、声があがったのである。

「やっぱり、あれがいけないんでしょうかねえ――」

どうやら、ずっと眠れずにいたらしい編集者が、声をかけてきたのだった。

「あれか――」

ぼくは言った。

あれ、というのが何であるか、ぼくにはわかっていた。

それは、このベースキャンプに上がる五日前、三日ほどキャンプを張ったサマというチベッタンの村で買ったもののことであった。

それが、カパーラだったのである。

2

ぼくと、編集者は、隊の本体よりも、一ヵ月遅れて、山に入った。

それは、ぼくの仕事の忙がしさが原因であった。本来であれば、高度順応をかね、一ヵ月近いキャラバンを続けながら、ベースキャンプの予定地までたどりつくのが、ヒマラヤ流のやり方である。そのキャラバンができずに、ぼくらふたりは、富士山で高度順応をし、ネパールの軍用ジェットヘリを使って、いっきにサマの村に入ったのだった。

そのサマという村の標高と、富士山の標高とが同じくらいだったのである。

その村は、秋であった。周囲の山が紅葉《もみじ》に染まっていた。

その紅葉の上は白い雪の岩峰で、そのさらに上は、青い天だ。

キャンプの面倒をみてくれたのは、ひとりのシェルパである。

名前はドルジだ。

そのシェルパのドルジの口利きで、ぼくらは、テントではなく、村のはずれにあるカルカで泊まることになった。カルカというのは、石を積んで造った、石小屋である。隙間風が入るが、テントよりは広くて、眠るには快適だった。

その男がやってきたのは、サマでのキャンプ三日目の夕刻前であった。

ぼくらが、火を焚《た》き始めると、あっちこっちの家から、人がやってくる。焼いたばかりのジャガイモを囓《かじ》りながらやってくる子供もいれば、やけに愛想のいい爺《じい》さんや婆さんもいる。子供は皆素足だ。

彼等について、例外なく言えるのは、着ているものがぼろぼろで、いつ風呂《ふろ》に入ったのかわからない、ということである。髪が、汗と垢《あか》でよじれ、束になっている者もいるのだ。

彼等は、ぼくらの焚火《たきび》を囲み、一緒に地酒のチャンを飲み、時おりは、高い声で歌などを唄《うた》ってくれた。

その三日目の夕刻に、見たことのないその新顔の男がやって来たのだ。

竹の籠《かご》を背負って、焚火の近くまでやって来ると、その籠を地面に下ろした。どの方向に二メートル歩いても、牛やヤクの糞《ふん》が散らばっている地面である。

日本で言うなら、六十歳くらいに見える男だったが、老け込むのが早いこの国では、案外、もっと若いのかもしれなかった。

その男に向かって、シェルパのドルジが土地の言葉で何か言った。男の持って来た籠に眼をやって、駄目だというように、首を振る。

男が、ドルジに何か言ったが、ドルジは相手にしない。どのような会話かはわからないが、男が、時おりこちらに眼をやっているのを見ると、まるでぼくらに関係のない話ではないらしかった。

あきらめたように、男は籠の横に座り込んで、煙草を吸い始めた。

やがて、ドルジがぼくらのところにやってきて、この先に美味《うま》い酒を造っている家があるので、買いに行ってくると、ぼくらに告げた。ベースキャンプに上がる時に、酒を持ってゆくことになっており、その酒をその家から何リットルか手に入れてきたいのだという。

ドルジは、五リットル入りのポリタンクをぶら下げて、いそいそと出かけていった。

そのドルジの姿が見えなくなった時、それまで煙草を吸っていた男が立ちあがって、籠を持って、ぼくらの前にやってきた。

そして、男は、店開きを始めたのであった。

地面に布を敷き、籠の中から、次々に色々な品物を取り出しては、その上に並べ出したのである。それで、ぼくらは、ようやくこの男が何をしに来たか、呑《の》み込めたのであった。

ぼくは、以前にもトレッキングでネパールへ来ており、このような商売の男を知っていた。

土産物屋である。

トレッキング中の隊が、どこかで休むか、キャンプをする度に、どこからかいそいそと姿を現わし、ものを売りに来る人間がいるのである。

それは、酒であったり、ニワトリであったり、民芸品であったり、音楽であったり、唄であったりした。

この男は、そういう人間たちのひとりだったのである。

「へえ——」

編集者が、興味深そうに、布の上に並べてゆくものを見た。

独鈷杵《とっこしょ》。

宝石風の石。

鞘《さや》に飾りのある山刀《ククリ》。

古そうな仏像。

銅製の盃《さかずき》。

首飾り。

指輪。

アンモナイトの化石。

実に様々なものが、籠の中から姿を現わしては、並べられてゆく。

こういう店に並べられているほとんどのものは、偽物である。アンモナイトの化石は本物で、ヒマラヤの山の中ではよく見つかるのだが、一見は古そうな、経文の彫ってある木片や板も、銅製の独鈷杵も、こういう店のために造られたものだ。ちゃんと職人がいて、いったん造ったそれを、わざと水に浸《つ》けたり、土の中に埋めたりして、それ風にしてから、こういう店に並べられるのである。

編集者も、そのあたりは心得ている。

しかし、わかってはいても、籠の中から次々に色々なものが出てくるのを見ているのは楽しかった。

「それにしても、よく、こんな山の中まで来るよな」

「登山の遠征隊がよく利用するルートには、たくさんいるんじゃないの」

そんなことを、ぼくらは日本語で言った。

「あれ——」

と、ぼくが視線を止めたのは、その男が、最後に取り出したものを見たからだった。

それは、白い器であった。

器の縁に金属がぐるりとかぶせてあり、その金属に、石が嵌《は》め込んである。

ぼくは、それを手に取っていた。

「これ、カパーラじゃないの？」

ぼくは、編集者に言った。

「カパーラって？」

編集者が言った。

「人間の頭蓋骨《ずがいこつ》で造った器だよ」

ぼくは説明した。

カパーラは、左道系の密教で使用する法具である。

人の頭蓋骨を、額のあたりから水平に切り取って器とし、密教の儀礼で使用するのだが、時には人の血なども、その器に満たされたりもするのである。

「本物？」

編集者の声が小さくなった。

ぼくはその器に指で触れ、しげしげと眺めた。たしかに、それは骨であった。しかし、それは新しく、そして、小さかった。指で触れると、気のせいか、指の腹にねっとりと湿っぽくからむような感触がある。

「本物だけど、偽物っぽいね」

ぼくは言った。

骨としては、本物なのだが、実際にどこかで使用されたカパーラにしては、新しすぎるのである。それに、浅く、小さい。

「犬か、馬か、熊かはわからないけれど、何かの動物の頭蓋骨のそれらしい部分で造ったんじゃないのかな――」

そう口にしたら、案外それが正解のような気がした。なにしろ、土産物の偽物ばかりを製造する業者がいるのである。

「カパーラ？」

ぼくは、自分の頭を指差して訊《き》いた。

「カパラ」

男は、にこにこしながら答えた。

「人間の？《ザ・マン》」

男は、ぼくの言った意味がわかったのかどうか、うんうんとうなずいた。

「いくら？《カティ・パイサ》」

「四十ドル《フォーティ・ダラ》」

やけに発音のいい英語で、男は言った。

ぼくは、このカパーラを、買ってもいい気持になっていた。少なくとも、骨として本物であるところが気に入った。

前回、このネパールに来たのは、十年以上も前で、実はその時に、ぼくはシェルパに連れられていった店で、本物のカパーラを見ているのである。そこは、カトマンズの細い路地をくねくねと歩いて行った先の二階にあったうらぶれた店で、本物ばかりを置いている店である。

そこで見たカパーラは、すっかり色が黄色くなり、汚れていた。当時で、百二十ドルの値であった。

だから、ぼくは、男から値段を聴いて、少し安心し、そして、このカパーラを買ってもいい気になったのだ。値段が四十ドルと聴いて、これはやはりニセモノであるとわかったからである。男が四十ドルと言ったということは、この国ではその半分以下の値まででねぎることができるということだからである。

土産物屋でものを買う時には、外国人と見れば、三倍近い値を、最初に言ってくる売人が多いからだ。

本物であれば、最初に四十ドルという安い値をつけるわけがない。本物の骨で造った偽物だから買う。本物であれば、やはり気持が悪い。かといって、プラスチックの偽物では買う気になれない。偽物ではあるが、骨として本物であるというのがいい。

値切ったあげくに、十五ドルで、ぼくはそのカパーラを買ったのだった。

男が帰って、しばらくすると、シェルパがもどってきた。

すでに暗くなっていた。

焚火《たきび》を囲んで、夕食が始まった。

羊の脂で炒《いた》めた、ジャガイモと羊の肉、豆で造ったダルスープ、ネパールの細長い米で炊いた御飯、タマネギと大根のサラダ。それが、その晩の夕食だった。

ぼくらは、火を囲み、それを食べ、酒《チャン》を飲んだ。酒《チャン》といっても、日本で言えば、どぶろくである。

富士山の高さで飲む酒は、少量でもたちまち、身体にまわった。

いい気分だった。異国の小さな村で火を焚《た》き、それを見つめながら、ぼくはこれからゆく遥《はる》かな高みにある白い峰のことを想った。

「ね、さっきのあれで、飲《チャン》んでみませんか」

それまで、コッヘルで酒を飲んでいた編集者が言った。

「カパーラで？」

「ええ。その方が気分が出るんじゃありませんか——」

言われてその気になった。

気分というのが、どういう気分なのかはよくわからないが、ぼくもそんな気がした。

テントの中から、カパーラを取り出して、ぼくは、ポリタンクから、そのカパーラの中に酒《チャン》を注いだ。

その酒《チャン》を、カパーラで、編集者とふたりでまわし飲みした。妙な気分だった。

「ドルジもどう？」

ぼくは、ドルジに声をかけ、手にしていたカパーラを渡した。

酒《チャン》の入ったカパーラを受け取ったドルジが、堅い眼つきになった。カパーラを、手にとってしげしげと見つめた。

ふっとぼくの頭の芯《しん》にあった酔いが遠のいた。

ドルジの眼を見たからだった。

「それ、カパーラでしょう？」

ぼくは訊いた。

「カパーラです」

ドルジが答えた。

声まで堅かった。

ざわっ、と、背のどこかを大きな虫が這《は》ったような気がした。

「本物？」

ぼくは、小さな声で訊いた。

「本物です。たぶん――」

「本物って、人間の？」

「そうです」

「だって、それ、小さいじゃないの。人間のじゃなくて、動物のだろう？」

人間の頭蓋骨が、まさか、土産物屋で売られているわけはないという、日本の常識にすがるようにして、ぼくは訊いた。

「人間の子供です」

ドルジは言った。

「え？」

「チベットの方や、このあたりは、子供の死亡率が高いんです……」

ドルジは、ぼくらを見ながら、低い声で言ったのだった。

3

そのカパーラが、まだ、ぼくのザックの中に入っているのである。

そのカパーラが、この雪の原因ではないかと、編集者は、眠れぬままに、暗いテントの中で声をかけてきたのである。

カパーラの入ったそのザックは、ぼくの頭の下で枕になっている。

「どうなんだろうねえ」

ぼくは言った。

ようするに、どこかで死んだ子供を安い値段で買いとって、その頭蓋骨《ずがいこつ》でカパーラを造っている人間たちがいるのかもしれない。

もし、このカパーラが、そういう子供たちのものだったとしたら――

しかし、このカパーラが雪の原因になるなどとはあり得ないはずであった。そうは思っても、ザックに乗せた頭のすわりが、妙に悪くなっている。

だが、ぼくらはともかく、この国の人間たちは、この雪の原因について、ぼくらの理屈とは違うふうに考えるかもしれなかった。

この数日間のことをぼくは思い出していた。

上に設営した全てのキャンプからこのベースキャンプに降りてきた隊員たちは、昼間、集会テントで顔を見合わせながら、いろいろな話をした。

女の子のお尻《しり》の話もしたし、神サマについての話もした。テントの雪を落とすことと食事をのぞけば、あとは、しゃべることくらいしかないのだ。ある男は、春までいたボルネオのジャングルでオウムを食べた話をし、ある男は、昨年、ジープでアフリカを横断した話をし、ある男は、アフガンの地雷原を、ソビエト兵に追われ、カメラを抱えて逃げた話をした。南米の雪山で、強風に飛ばされながら、大便をした話をした男もいた。眠っている間に、自宅で、カミさんの友人の女に犯された男もいた。夜の雪の中を、他の男と同棲《どうせい》中の惚《ほ》れた女を抱えて走った男もいた。

ぼくらは、男どうし顔をつき合わせ、男のできるあらゆる話を、そのテントの中でしたのだった。

ぼくらは、話に飽きると、外へ出、小便をし、ただ、灰色一色の空から、あとからあとから落ちてくる雪を、それぞれ独りぼっちで、哲学的な顔をして眺めるのだった。

「雪崩が、怖くはないんですか？」

ある時、話の最中に、ぼくは、信州《しんしゅう》で山小屋をやっている隊長に訊いた。

「我々は禁断の実を取りに来たわけだから——」

問われた隊長は、ひどく男っぽい顔で、そう答えた。

その後、山で死んだ男たちの話になった。

同じテントの中にいる男たちは、誰も、例外なく、山で知り合いを亡くした経験を持っていた。そういう話になると、話題は尽きなかった。

そういったいろいろな話の中に、この降り続く雪の原因についての話もあったのだった。

「シェルパたちは、むこうの氷河から入ったイギリス隊が、ヤクを殺して食べたからだと言ってるな」

隊長が言った。

「本気でそう思ってるの？」

「どうかな」

隊長は言った。その時は、なにげなく聴いていたその話のことを、ぼくは、テントの中で思い出したのだった。

「まさか、カパーラっていうことはないと思うけどな」

「そうは思うけどね」

ぼくと編集者は、夜のテントの中で、ぼそぼそといつまでもそんな話をくりかえし、眠れぬ夜をすごしたのだった。

翌日、ぼくは、前日の晩に、編集者とふたりで話したことについて、皆に告げた。朝、集会用の石小屋《カルカ》に、全員が食事のために集まった時だ。

その時、集会用の石小屋には、何人かのシェルパも来ていて、その中にはドルジの顔もあった。

「気になるなら、あずかりますよ」

ドルジは言った。

それで、ぼくは、ドルジにカパーラをあずけたのだった。

4

そして、結局、ぼくと編集者は、鶴を見ることなく、山を降りたのだった。

仕事の都合で、一ヵ月以上の時間をさけなかったぼくは、二週間を標高五千メートルの雪の中で暮らし、雪がわずかにおさまった時を見はからって、息も絶えだえに、氷河の横を下ったのだった。

他の隊員は、さらにベースキャンプに残り、頂上アタックをねらうことになった。

その結果を知ったのは、日本に帰って、一ヵ月ほど経ってからであった。

「残念だったなあ……」

まだ、ヒマラヤではやした髯《ひげ》を剃《そ》らないままの顔で、隊長は言った。

新宿《しんじゅく》の、一杯飲み屋であった。

成田《なりた》に着いたのは、昨夜だという。他の隊員は、ひとまずそれぞれの家に帰ったのだが、隊長だけは、スポンサーへの挨拶《あいさつ》まわりがあり、三日ほど東京にとどまることになったのだ。

いくつかのスポンサーをまわった後、新宿のホテルで仕事をしているぼくのところへ、隊長から電話があったのだ。ぼくの家へ電話を入れ、ぼくが新宿で仕事をしていることを知ったのだという。電話があるまで、昨夜、隊員がネパールから帰ってきたことを、ぼくは知らなかった。

アタックが失敗したことだけは、ネパールからの知らせが、スポンサーのひとつであった新聞社まで連絡があり、人づてにそのことは耳にしていたのだが、帰国の日程は、その時はまだわかってはいなかったのだ。

ぼくは、その飲み屋で、隊長とふたりで、しみじみと日本の酒を飲んだ。

「こうやって、新宿で会えて飲んでるなんて、夢みたいですね」

ぼくは言った。

「ほんとにね」

一瞬、ぼくの脳裏に、あの白い雪の色が蘇《よみがえ》り、ごうっと、低く雪崩の音が聴こえたような気がした。

——見ることのできなかった、鶴の白い色。

飲みながら、隊長は、あれからのことを、詳しくぼくに話してくれた。

ぼくらが山を降りてから、三日後に、空が晴れた。

そうして、彼等は再び登頂を始めたのだという。

鶴が飛んだのは、その最中だった。

百羽近い鶴の編隊が、マナスルの肩に近い青空を舞った。

「ため息が出たよ」

隊長は、酒を飲みほして、静かにつぶやいた。

キャンプ3《スリー》にいた隊員のひとりが、その鶴の姿をカメラに収めた。

そして、その日に、雪崩がキャンプ3《スリー》を襲ったのである。

シェルパ一名が死に、隊員の半数が、流されて傷を負った。

夕刻、皆で食事の支度をしている時だったという。あっという間のでき事であったらしい。

どん、
と上の方で破裂したような音がし、隊長が見上げた時には、白い煙が、上方から、静かにするすると斜面を滑りおりてくるところだった。

「きれいだったな」

ぽつりと隊長は言った。

全員が、斜面を横に走って逃げた。外で食事の支度をしていたのが幸いしたのだ。中くらいの雪崩で、しかも端であった。そうでなければ、全員がやられていたはずだという。

死んだシェルパは、たまたま、失《な》くなったガスボンベを新しいものととりかえるため、テントの中に入っていたのだという。

不運な事故であった。

結局、その遠征は失敗に終ったのだった。

「死んだシェルパなんだけどね――」

雪崩に流されて死んだそのシェルパの名を聴いて、ぼくは驚いた。

それが、あのドルジだったからである。

どうやら、ドルジは、あのカパーラをザックに入れたまま、死んだらしい。

いきなり来た雪崩の端に、隊員たちのテントが巻き込まれ、中心に近い場所にテントを張っていたドルジが、逃げ遅れてそのテントごと、最後まで止まらずに流され、下方のクレバスにテントと一緒に落ちてしまったのだという。

カメラの機材も何もかも、ほとんど回収できずに、雪の中だという。

だから、ドルジも、カパーラも、鶴の姿の映ったフィルムも、あの天に近い氷河の中に今も埋もれたままだ。

山の時間の中に埋もれたまま、長い刻《とき》を過ごし、やがて、二万年もたてば、彼等は一緒に、その氷河の末端に流れつくことだろう。

歓喜月の孔雀舞《パヴァーヌ》

わたくしが青ぐらい修羅《しゆら》をあるいてゐるとき
おまへはじぶんにさだめられたみちを
ひとりさびしく往《い》かうとするか
信仰を一つにするたつたひとりのみちづれのわたくしが
あかるくつめたい精進《しやうじん》のみちからかなしくつかれてゐて
毒草や蛍光菌《けいくわうきん》のくらい野原をただよふとき
おまへはひとりどこへ行かうとするのだ

宮沢賢治『春と修羅』「無聲慟哭《むせいどうこく》」より

序章　こよひ異装《いさう》のげん月のした

ぼくはその頃、ずっとひとりの女性のことばかり想って暮らしていた。
遠い、異国で出会ったひとである。
その時も、ぼくは、夜の山径《やまみち》を歩きながら、そのひとのことを考えていたのだった。
径の左右から笹のかぶさった、森の中の細い径《みち》だ。
ぼくの左右は、暗い橅《ぶな》の原生林である。
その原生林の底に、細い径は、笹に埋もれてほそほそと続いているのだった。
頭の上では、しきりと橅の梢《こずえ》がうねっていた。
森の底は無風であるのに、上方には暗い風が動いているのである。
背にしたザックの重量が気になりだしていた。
疲れが溜《たま》ってきているのである。

ぼくの脛《すね》に触れてゆく笹が、すでに露を宿しているらしく、ズボンの裾《すそ》が、その露を含んでしっとりと重くなっている。

土の上に、木の根や石が顔を出していて、爪先が時おり、それ等の根や石にひっかかる。

ヘッドランプをしているのだが、笹の下までは、場合によっては光が届かないのだ。

道を間違えたのはわかっている。

荒沢林道から、直接大黒森《だいこくもり》の南側の峠を抜けて、岩手県の黒附馬牛村《くろつくもうし》へ出ようとしたのだ。その峠を越えたあたりで、どうやら、獣道に足を踏み入れてしまったらしい。

やっと、人の足が踏んで造ったものらしい径に出た時には、すでに夜になっていたのである。

食料はあるし、寝袋もある。

途中でビヴァークしてもよかったのだが、簡単な食事を済ませてから、コッフェルとコンロをザックにしまい、またぼくは歩き出してしまったのだった。

標高千メートルに満たない山の径とはいえ、無謀な行為だった。

細いながらも、人道を見つけて気持がゆるんだのと、奇妙な暗い誘惑が、ぼくの肉の中にあったからだ。

おそらく、ぼくは、暗い山の中で、迷ってみたかったのだ。

その不思議な欲望をうまく口では説明できない。おそらくそれは、ぼく自身の心が、行き所を失って迷い続けていたからだろうと思う。そのたどりつくべき場所のない心の迷路の中へ、ぼくは、そのままぼくの身体ごと入り込もうとしていたのかもしれない。

初秋だった。

山の大気は冷たく澄んでいたが、ザックのあたる背に、薄く汗が張りついている。

森のさらに上の夜の天に、月が出ていて、梢の間から、青い月光が森の中にまで落ちていた。

満月だった。

ぼくの靴の底が、岩や木の根を踏んでゆく。

黄葉こそまだ始まっていなかったが、森の中には、すでに今年の落葉が積もり始めていた。

湿った森の匂いの中に、はっきり、そういう落葉の匂いが混じっている。まだ、森の土と溶け合う前の、植物の血の臭気をほのかに残した匂いだ。

その落葉が、靴の下で潰《つぶ》れ、小さく音をたてる幽《かす》かな感触までが、堅い靴底から伝わってくる。

やはり昨年の秋に、異国の土や岩を踏んだ靴である。

その同じ靴の底が、今は、北上《きたかみ》山系の山の土を踏んでいる。

そのことが、ぼくには不思議だった。

彼女が、再び踏むことのできなかった土地の土である。

ぼくの胸のポケットに入っている黒い石の螺旋《らせん》が、熱を持ったように温かかった。その螺旋を握っていた彼女の掌《てのひら》の体温が、そのままだ石の中に残っているようだった。温かな血さえ、その石の内部には流れているようであった。

ふいに森が終って、ぼくは、青い光の中に出ていた。

一面笹におおわれたゆるいスロープが、眼の前に海のように広がっていた。

その笹の上を、風が渡ってゆく。

ひるがえる笹の上に、しらしらと月光が天からこぼれ落ちていた。

森が終ったのだ。

ぼくは足を止め、深く呼吸しながら、しばらくその光景に見とれていた。

思い出したように、ヘッドランプを消した。

消した途端に、それまでヘッドランプの黄色い光が占めていた空間を、たちまち、しんとした山の静寂が埋めた。

星が出ていた。

空気が澄んでいるためか、満月の晩だというのに、驚くほど星の数が多かった。

小さく、高い笛の音が聴こえたような気がした。

しかし、耳を澄ませてみれば、笛の音はなく、さやさやと笹を揺すりながら、風が、ゆるいスロープを天に向かって登ってゆくばかりだった。

森を左に見ながら、ぼくは、膝《ひざ》まで埋まる笹の中を歩き出した。

北に、青黒く早池峰山《はやちねさん》の山塊が、星空の下方に見えていた。

——標高一九一四メートル。

北上山系の最高峰だ。

径は、ゆるい下りだった。

径は、時おり、また橅の森の中に入り、またそこから出たりしながら細く続いていた。

千メートル近い場所から、四百メートルは下ったろうか。

ぼくは、また橅の森の中に入っていた。

橅の森の中に入るたびに、ぼくは、ヘッドランプを点《つ》けた。

森の中を歩いているうちに、植物の相が変わり始めていた。

森のあちこちに、楓《かえで》が多くなり、下生《したば》えも、笹から草にかわっていた。

また森が終って、樹がまばらな谷に出た。

その谷を下らずに、横ぎるかたちで径が草の中に続いていた。

そういう谷をふたつほど越えた。

疲れは、増えもしなければ減りもしなかった。

どこかでビヴァークしようという気持もその時には念頭から消えていた。

彼女が歩いたに違いないこの山塊の中を歩くことが、もともとの今回の旅の目的だったのだ。

そうして歩いていたぼくは、ふと、足を止めていた。

最初、ぼくは、それが何だかわからなかった。

青い月光に照らされた草の斜面の中に、黒々としたものが見えたのだ。

その黒いものが何であるか気がつかずに、そのままぼくは歩き続け、そして、それが何であるかわかった時に、ぼくは足を止めていたのだった。

前方のやや左手方向、ぼくが横切ろうとしている斜面のやや上方だった。

五メートルあるかどうかという距離であった。

それは、老婆であった。

ぼくの歩いてゆく径の先に、黒いふた抱えほどもある石があり、その石の上に、ひとりの老婆が背を丸めて、きちんと正座をして座っていたのである。

月光の中であった。

老婆は、顔をあげて、天を見あげていた。

満月を見ていた。

ガラス質の透明な青い月光が、天からその老婆の上に降り注いでいた。

銀色の髪を後方で結んだ、八十歳くらいの和服を着た老婆であった。

老婆は、正座をし、両手を膝の上に乗せ、眼を細め、口元になんとも言えない微笑を浮かべて、月を眺めていた。

満月とはいえ、夜である。

それなのに、ぼくには、老婆の顔に刻まれた皺《しわ》の陰影や、その白髪の一本一本までを、きちんと眼に捉《とら》えることができた。

何という不思議な微笑であったろうか。

少女のような微笑であった。

人が笑うには理由がある。

子供の笑顔につられて微笑する時もあるし、会話をしながらだって笑うものだ。その時には何事もなくても、何か楽しいことを思い出した時にも人は笑う。

しかし、その老婆の浮かべている微笑は、これまでぼくの知っているどんな微笑とも違っていた。

どう説明したらいいのだろう。

人が笑うための理由、原因——そういった一切の束縛を持たない微笑だった。

あるいは、ある種の菩薩《ぼさつ》像が口元に浮かべているあのあるかなしかの微笑を、その透明感を失わせることなく、そのままもっとはっきりした笑みにかえることができるとすればこの老婆が浮かべている微笑に近いものができるかもしれなかった。

沈黙の中で、石を包んだ草が揺れていた。

風が、下から斜面を昇ってゆく。

その微風と月光の中に、老婆は正座をして月を見あげているのだった。

黙ったまま、ぼくは、どれだけの時間、その光景を見つめていたろうか。

耳に届いていた風の音が、ふいに祭りの笛の音にかわったような気がした。

しかし、それは、むろん、ぼくの錯覚のはずであった。

ふいに、老婆が動いた。

石の上に立ちあがった。

素足だった。

月光の中に、ひょいと小手をかざした。

とん、と素足が石を踏んだ。

老婆は、あの微笑を浮かべたまま、石の上で踊り出したのである。

腰の曲がった、小さな老婆だった。

老婆が、踊りながら、石から降りた。

そのまま、老婆は草の斜面を踊りながら登り始めた。

ぼくは、声さえかけられずに、草の中に突っ立ったまま、老婆が斜面を登ってゆくのを見つめていた。

ぼくが歩き出したのは、老婆の姿が見えなくなって、五分は経ってからであった。

数歩も足を進めると、径《みち》にぶつかった。

やはり草に埋もれた径で、右手の斜面の下方から、左手の上方へ登っている径であった。

この径を、老婆は登って行ったらしかった。

その径を登ると、すぐに黒い石の前に出た。

ぼくの膝よりは、やや高い石であった。
ついさっきまで、あの老婆が座っていた石である。
その石に手を触れて、初めて、ぼくはそれが何であるか知った。
それは、螺旋だった。
ただ大きさが違うだけで、ぼくの胸のポケットの中に入っているのと同じものだ。
それは、巨大なアンモナイトの化石であった。

一章　青らみわたる灝気《かうき》をふかみ

1

風の中に、小さく、かねと笛の音が聴こえていた。
下るにつれて、その音が大きくなってゆく。
雑木林の径であった。
小さな沢を右手にしながら、ぼくは闇の中を下っていた。
沢の瀬音が、耳にここちよかった。
おそらくは、下方で猿ヶ石《さるがいし》川へ注ぎ、遠野《とおの》市内をやがて流れてゆく水の音だ。
そして、笛と、かねの音。
すでに、十二時をまわっている時間のはずであった。
径の下方に村があって、その祭りに行きあたったのかもしれなかった。
しかし、真夜中過ぎというこんなに遅い時間までやる祭りがあるのだろうか——

その笛とかねの音がやんだのは、ぼくがそんなことを考えてから、ほどなくのことであった。

やんだ途端に、ぼくは、夜の山の中にふいに独りで放り出されたような気分になった。

それまでにも増した静寂が、ぼくの身体を押し包んできた。

幾つかの支流が入り込んで水量が増したのか、沢の瀬音がわずかに大きくなっていたが、かえって静寂は深まったようであった。

闇の中に浮かんだ細い糸をたどるようにして歩いてきたのが、ふいにその糸を断ち切られてしまったような気分になった。

下ってゆくうちに、径が広くなった。

稲の匂いがした。

樹の立ち方がまばらになっている。

ヘッドランプを左手に移すと、そこに、さわさわと、稲が揺れていた。

沢の水を引き込んで造られた、山あいの田であった。

小さな田だ。

夏の頃のような、濃い緑色は、もはやしていないが、まだ黄金色と呼ぶような色になっているわけでもない。ちょうど、その色の変化の中間あたりのようであった。

——黒附馬牛村か。

ぼくは思った。

この近辺に村があるとすれば、それは黒附馬牛村に違いないはずであった。よほど、ぼくが山中で見当違いの方向に歩いたのでなければである。

いくらも歩かないうちに、ぼくの歩いていた径は、広い道にぶつかった。

広いといっても、軽四輪のトラックが、やっと通れる道幅しかなく、舗装のされていない土の道だった。

太い川の音が闇のどこかから響いていた。

これまでぼくが耳にしていたのよりは、ずっと重さのある水音であった。

広い道に出てみると、すぐ右手に小さな橋があった。

ぼくの横を並んで下っていた沢の水が、その橋の下をくぐって、少し先で、さらに水量の多い川に合流しているらしい。

歩き出そうとして、ぼくは踏み出しかけた足をもどしていた。

ヘッドランプの灯《あか》りの中に、見えたものがあったのだ。

ぼくの膝《ひざ》よりも低い、橋の端にある柱に、

〝くしかた〟

と、平仮名で文字が入っていたのである。

「ここか――」

ぼくは小さく声に出していた。

やはり、ここが、黒附馬牛村だったのだ。

——黒附馬牛村。
戸数にして十五戸。
ネパールで死んだ櫛形《くしかた》小夜子《さよこ》が生まれ、育ったのがこの黒附馬牛村であった。
「わたしの生まれた村は、四つの姓しかないのよ」
小夜子がそう言っていたことを、ぼくは思い出した。
櫛形。
千々岩《ちぢいわ》。
田加部《たかべ》。
宇ノ戸《うのと》。
その四つの姓しか、黒附馬牛村にはないのだという。
櫛形が二戸。
千々岩が五戸。
田加部が五戸。
宇ノ戸が三戸。
それを合わせての十五戸である。
遠野市の中でも、一番はずれにある、小さな村であった。
呪《じゅ》の村だ。
「村の中にある橋には、みんな家の名前が付いてるの」

そう小夜子は言った。

だから〝くしかた〟という小夜子の家の名を付けた橋も、村にはあるのだという。

アンナプルナの白い峰を、遠い眼で眺めながら、そう言った時の小夜子の顔の表情や声の抑揚までも、はっきりぼくは想い出していた。

心臓がすぼまってゆくような哀しみが、ぼくを捕えた。

その小夜子が、もう、この地上のどこにもいないのだという思いが、ぼくの肉体をしめつけてきた。

一度だけ触れたことのある小夜子の唇の感触が、ぼくの唇に蘇《よみがえ》った。

激しいものが、ふいにぼくの肉体を襲ってきた。

熱い湯に似たものが、ぼくの身体を内側から押し包んできた。

ぼくは、たまらなくなって、ぞくりと身体を大きく震わせた。

何をしに来たのか——

ぼくは思った。

小夜子の生まれた土地に立っただけで、こんなにも鮮やかに、激しく、小夜子のことを想い出してしまうとは——

これまで、ぼくが記憶していた小夜子の表情、声、ほんのちょっとした仕草、顔を横に傾けてから、ちらりと黒い瞳《ひとみ》の視線をぼくの方にはしらせてくるそのやり方から何から、あらゆるものが一度に蘇った。

ぼく自身の肉体が記憶しているものまで、例外ではなかった。ぼくの手を握ってきた時の、小夜子の指の力の具合や、ぼくの頰に触れた小夜子の髪の一本一本の感触までもが、今、そこに触れたばかりのように蘇ってきたのである。

ぼくは、ゆっくりと、歩き出した。

2

灯りが見えた。

前方の左手の闇の中であった。

蛍光灯の灯りではなく、白熱電灯の灯りであった。

赤みがかった黄色い光だ。

思いがけなく近い距離であった。

それまで、木立ちの陰になっていたのが、ぼくが移動したため、その陰から灯りがのぞいたのだ。

上方であった。

道の左手前方のそのあたりまで、ぼくの下ってきた山の斜面の一部が迫っていて、灯りは、その斜面の中腹にあった。

そのあたりまで歩いてゆくと、しらしらと道を照らしていた月光が、届かなくなった。

頭上に、樹々の梢《こずえ》がかぶさって、月光をさえぎっているのである。

石段があった。

角が磨《す》り減って、丸くなった石段であった。

石段の人の足が踏まない部分には、苔《こけ》が生えている。

見あげると、上方の、石段を登りきったところに、ぽつんと灯りが見えていた。

神社か何かがあるらしかった。

一瞬、迷ってから、ぼくはその石段に足をかけていた。

この神社か何かのどこかで、朝をむかえる決心を、ぼくはしていた。

夜が明けたら、櫛形源治《げんじ》を訪ねてみようとぼくは思った。

櫛形源治は、小夜子の伯父である。

一度だけ、ぼくは、ネパールのカトマンズで、櫛形源治と会っている。

櫛形源治は、無口で、もの静かな男であった。

年齢は訊《き》かなかったが、おそらく五十代の半ばは過ぎているはずであった。

ぼくは、櫛形源治とふたりで、灰になった小夜子の肉体が、川に流され、流れてゆくのをこの眼で見たのだった。

カトマンズ市内の火葬場だった。

よく晴れた日であった。

青い空を映した水の面《おもて》に、たちまち、小夜子の肉体であったものは見えなくなり、土や、水や、犬や、牛や、空気や、その他あらゆるものの根源である天然のむこうにかえって行った。

ぼくと櫛形源治とは、涙も流さずに、その光景を、黙したまま、凝《じ》っといつまでも眺めていたのだった。

日本に帰ってから、ぼくのアパートに、ネパールでは世話になったという、櫛形源治の短い手紙が届いていたのを読んだだけである。

櫛形源治とは、それだけのつきあいだった。

今回、ふいに、黒附馬牛村を訪れることにしたのも、櫛形源治には告げていない。アパートを出る時には、櫛形源治を訪ねるかどうかも、まだ決めてはいなかったのである。

石段を登りきらないうちに、ぼくは、途中で足を停めていた。

石段の上に、ふいに、人の影が現われたからであった。

男のようであった。

しかし、灯りがその男の背後にあるため、その年齢の見当がすぐにはつかなかった。

ぼくは、首をかしげて、男を見つめた。

ぼくの頭に点《つ》いていたヘッドランプの灯りが、直接男の顔に当った。若い男だった。

ぼくとあまりかわらない年齢の男だ。

二十代の半ばを、やっと過ぎたかどうかというくらいに見えた。

「眩《まぶ》しいな――」

その男が、眼の周囲に皺《しわ》をよせて、つぶやいた。

ぼくはあわててヘッドランプのスイッチを切った。

「こんばんは」

ぼくは、おそるおそる言った。

「こんばんは」

男が言った。

また、男の表情が見えなくなっていた。

頭の上で、楢《なら》の葉がざわざわとうねっていた。

こんばんは、と言って、それっきりぼくは言葉を失ってしまった。どうしていいかわからなくなってしまったのだ。黙ったまま、ぼくは、石段の途中に足を踏み出した格好で、そこに突っ立っていた。

男の視線が、ゆっくりとぼくの全身をさぐっているらしいのがわかった。

「この土地の者じゃないね」

男は言った。

「ええ」

ぼくは答えた。

やっと石段を一段あがり、

「大黒森から降りる途中で、道を間違えてしまって――」

「へえ」

「ここは、黒附馬牛村でしょう」

「そうだよ」

男が答えた。

ぼくを見つめ、

「何の用？」

訊いた。

「この上は、神社なんでしょう？　寝袋を出して、朝まで寝るところでもあればと思って――」

「今日は、どうかな」

「駄目なんですか？」

「駄目なんじゃなくてね、あなたの方が気味悪いんじゃないかと思ってさ」

「気味が悪い？」

「婆さんの死体と一緒だよ」

「婆さんの？」

ぼくの頭に湧いたのは、あの石の上に座って、微笑しながら月を見あげていたあの老婆の顔だった。

ぼくはゆっくりと石段を登りつめ、男の横に立った。

ジーンズをはいた、痩《や》せた男だった。

男は、どこかひどく遠い場所を見るような眼でぼくを見、それから境内の奥にその視線を移した。

そこに社《やしろ》があった。

小さな社だった。

灯《あか》りが点いていて、扉が開け放たれたままになっていた。

男が社の方に向かって歩き出した。

ザックを背負ったまま、ぼくは男の後に続いた。

「お客さんだよ」

社の前で立ち止まって、男は声をかけた。

「帰ったんじゃなかったのかい」

奥から声がして、のっそりと、ひとりの黒い和服姿の男が出てきた。

その男が、一段高くなった社の入口から、ぼくを見おろした。

「あんた……」

和服の男は、そこまで言って、言葉を途切らせていた。

それは、ぼくも同じだった。

ぼくは、何かを言いかけ、そのまま声を出せずに彼と眼を見つめ合った。

そこに立っていたのは、ぼくの知っている男だったのだ。

「たしか、木之原《きのはら》さん……」

彼が言った。

「ええ。木之原草平《そうへい》です」

ぼくは答えた。

「あのおりは、色々とお世話になりました」

と、その和服を着た男——櫛形源治は、ぼくに向かって言ったのだった。

「知り合いだったの、源さん」

石段の上に立っていた男が言った。

「話したことがあるだろう、このひとが、ネパールで小夜子を看取《みと》ってくれたんだ」

櫛形源治が言うと、男が、刺すような視線をぼくに向けてきた。

さっきまでの、どこか遠くへ焦点を結ばせたような視線ではなかった。

「小夜子が死ぬ時、そばにいたというのは、あんただったのか」

その男は言った。

「え、ええ」

ぼくは、男を見つめながら、小さく頭を下げた。

「どうしてここに?」

櫛形源治——源さんが言った。

「急に、こっちの方の山を歩きたくなって……」

ぼくは言った。

手をつけられないままの論文を放り出して、歯を嚙《か》むようにして山の中をさまよったあげくに、結局小夜子の生まれたこの土地にたどりついたのだった。

ぼくは、都内にある私大の、大学院生であった。

文化人類学というのを専攻していて、ネパールへ行ったのも、向こうで民話を採集し、日本の神話や伝説と比較した論文を書くつもりだったのだ。

ネパールは、呪法《じゅほう》の土地だ。

まだ、現役の呪《しゅ》や、信仰や、神々に捧《ささ》げられるための血がそこにある。

密教《ラマ》、ヒンドゥーの宗教に、様々な民間信仰が入り混じり、それが混然としてひとつになっている。

牛の匂いも、人間の汗の匂いも、犬の匂いも、糞《ふん》の匂いも、尿の匂いも、そして火の匂いも水の匂いも植物の匂いも土の匂いも血の匂いもおよそあらゆるものの匂いが、そこでひとつになっている。

カトマンズを歩けば、遠く、ヒマラヤの峰々から寄せてくる、成層圏に近い場所の雪の匂いまで、街の大気の中に漂っている。

まだ、十代の頃に、ヒマラヤの山麓《さんろく》をめぐるトレッキングをやったことがあり、その時に耳にした、雪男の話や、ヒンドゥーの神々に関する民話を耳にして、それから、こちらの神話や伝説に興味を持ったのだった。

その土地で、ぼくは小夜子と会い、ささやかな恋をしたのだった。

〝炎の横のバターは溶ける〟

そういうことわざが、この国にあることを教わったのも、小夜子からだった。

ぼくと小夜子とが、初めて同じテントの中で眠ることになった晩に、小夜子が言ったのだった。

女の横に男が眠ることになれば、男という生き物がどうなるか、それを言ったことわざである。

しかし、ぼくはもう、その時すでに、溶けたバターになっていたのだった。

Tシャツの上から触れた、小夜子の胸のふくらみ、乳首の感触——

「寝るところを捜してたらしいですよ」

男が、源さんに言った。

「寝るところ？」

「ここの神社の軒下にでも寝ようかと思って登ってきたら、こちらの人に会ったんです」

ぼくは言った。

「なら、家《うち》に泊まって行けばいい」

「でも——」

「今晩はごらんの通りでね」

「――」

「葬式なんだ。あんたとは、いつも葬式の時に会うことになってるみたいだな」

「誰か亡くなられたんですか」

「おふくろがね、夕方に死んだんだ」

「お母さんが」

「おれのだよ」

「ここが、櫛形さんのお宅なんですか」

「いや。家は向こうさ。この村じゃ、葬式はみんな、この神社でやることになってるんだ。村のものが集まってね――」

「村の人たちって――」

「ついさっき、帰ったばかりなんだよ」

「さっき、笛やかねの音が聴こえてましたけど」

「ここじゃ、人が死ぬと、笛を鳴らしたりかねを叩《たた》いたりするんだよ――」

「笛やかねを」

「楽しみが少ないからね。葬式も、祭りと同じように賑《にぎ》やかにやるんだ」

源さんは言った。

「あがりな」

ぼくに半分背を向けて半身《はんみ》になった。

ぼくは、そこで靴を脱ぎ、男と一緒に社の中にあがった。

なんと、そこには畳が敷いてあり、その奥にふとんがのべてあった。

そのふとんに、誰かが仰向けに横になっていた。

顔に、白い布がかぶせてあった。

ぼくは、ザックを下ろして、その横に座り、眼を閉じて手を合わせた。

眼を開けると、ぼくの横に、さっきの男と源さんが座っていた。

ぼくは、ふたりの方に向きなおった。

眼の前に、お茶と、漬けものの載った皿が出ていた。

「小夜子が死んで、おふくろが死んで、これで櫛形も、おれひとりになったな」

源さんが言った。

「ひとり？」

「ああ」

「この村には、櫛形姓は、二軒あるって聴いてましたが――」

「一軒だよ」

「――」

「むこうの櫛形は、もうない」

「ない？」

「小夜子の両親が、二年前に死んで、小夜子ひとりだったんだ。その小夜子が死んだからな」

源さんは、低い声で言った。

「死んで、楽になったんだよな、お千代《ちよ》婆さん——」

それまで黙っていた男がふいに言った。

男の視線はぼくを見ていた。

さっきから、男の視線がぼくに注がれているのを、ぼくは知っていた。

「五年も寝たきりでな」

源さんが言った。

この三年は、ずっと大小便にも立てなかったのだという。

「床擦《とこず》れができていてね、どんな風に寝かせても、すぐに痛がってさ」

尻《しり》や、腰や、背に、寝ダコができ、それがつぶれ、膿《う》み、紫色にふくれあがっていたらしい。

そんなことを、源さんは淡々と低い声で語った。

「でも、満月の晩でよかった」

やはり、ぼくを見ながら男が言った。

「ああ」

源さんが答えた。

「満月の晩？」

ぼくは訊《き》いた。

源さんは、小さく顎《あご》を引いてうなずいただけだった。

「どういうことですか」

「いや、わからないよ、あんたに言ってもね――」

源さんがつぶやいた時、ふいに、ぼくの頭に閃《ひらめ》くものがあった。

「すみません、お母さんの顔を拝見させていただけますか」

源さんは、一瞬、奇妙な眼でぼくを見つめ、

「いいよ」

うなずいて、お千代婆さんの顔にかけてあった布を取り去った。

ぼくの知っているあの顔が、白い布の下から出てきた。

ぼくが見た、アンモナイトの化石の上に座っていたあの老婆の顔が、そこにあった。

長い間、ぼくはその顔を見つめていた。

「どうしたの」

源さんが訊いてきた。

「ぼく、さっき、山の上で、このひとに会いましたよ」

ぼくが言った途端に、源さんの眼が、小さく吊《つ》りあがった。

「見た？」

源さんの声の中に、堅いものがあった。

「ええ。この神社の裏手のあたりの山の中腹に、黒い大きなアンモナイトの化石があるでしょう。その上に、このお千代婆さんが座ってました」

「それで――」

源さんの真剣な口調に、ぼくは恐いものを感じた。

「お千代婆さんは、にこにこ笑って、踊りながら山の上に登ってゆきましたけど――」

「まさか、声をかけたり、後をつけたりはしなかったろう？」

源さんが、きつい顔で言った。

「むこうは、ぼくになんか気がつきませんでしたよ。凄《すご》く楽しそうだった――」

「ほんとうだね」

源さんが訊いた。

「ええ」

ぼくがうなずくと、源さんは、しばらくぼくの顔を見つめ、ほっと、息を吐いた。

源さんの肩から力が抜けたのがわかった。

「あれを見たのか――」

ふいに、黙っていた男が、つぶやいた。

「あれは、何だったんですか」

ぼくが訊くと、男は、ちらりと源さんに眼をやった。

言ってもいいのか——

と、そう問うている眼だった。

「聡《さとる》——」

源さんが言った。

静かに首を振った。

「はい」

聡と源さんに呼ばれた男がうなずいた。

聡の眼の問いに、言ってはいけないと源さんが答えたのだ。

男——聡がぼくを見ていた。

「聡さんて、それじゃ、あなたの名前は——」

「千々岩聡です」

聡が答えた。

その言葉が、ぼくの耳を打った。

その名前を、ぼくは知っていた。

この一年近くの間、何度も何度も、小夜子と共に、ぼくが思い出していた名前が、千々岩聡だった。

死ぬ間際に、ようやく、小夜子が口にした男の名前が、この千々岩聡だったのである。

その時、小夜子が口にした言葉は、もうひとつあった。

その言葉が、ぼくの頭の中に蘇《よみがえ》っていた。

――魂月法《こんげつほう》なんて、やらなければ。

そう、小夜子は言っていたのである。

ぼくは、思わず、その言葉を口にしていた。

「魂月法というのを、知っていますか――」

ぼくは訊いた。

二 章　蛇紋《じゃもん》山地に篝《かがり》をかかげ

1

初めての異国の祭りは、原色の赤、血の色だった。

——ドゥルガー・プジャ。

ダサインと呼ばれるその祭りは、ドゥルガーというヒンドゥーの女神に捧《ささ》げられるための祭りだ。ドゥルガー神が、水牛に変じた悪魔を退治した神話がもとになっている。

十月に行なわれるその祭りにぼくが行きあたったのは、まったくの偶然だった。

季節風《モンスーン》による雨の時期を避けて、十月という月を選んだだけのことであった。

ネパールの夏のモンスーンは、ベンガル湾から南東風となって吹き、六月中旬から始まる。それから九月の後半までの、およそ三ヵ月余りが雨季である。

海の湿気をたっぷりと含んだ風がヒマラヤ山脈にぶつかって、その南側に大量の雨を落としてゆくのである。日本流に言えば、その時期にはその時期なりの風情もまたあるのだろうが、一ヵ月余りの時間を、雨の中で暮らすのはもったいなさすぎた。

ぼくの目的は、まだ、ヒンドゥー教に犯される以前の、神話や民話を収集することにあった。

ひとくちには言えないほど複雑なのだが、現在のヒンドゥー教は、紀元前にインドに侵入してきた征服民族であるアーリア系の神話体系がもとになっている。いや、むしろ逆に見れば、仏陀《ブッダ》を生んだと言われているドラヴィダ族などのような、無数の土着種族の神話が、征服者であるアーリア系の神話を、変貌《へんぼう》させてしまったとも言えるかもしれない。

具体的に言うなら、アーリア系に属さないヒンドゥー神話の原形となった話を、この土地で見つけられたらと、ぼくは考えていたのだった。

そういう話が残っているとすれば、インドの平原にというよりは、ヒマラヤの高地の方であろうとぼくは考えた。

アーリア系の人種が来る前にインドにいた人種は、ヒマラヤの山麓《さんろく》に住む、鼻の低い、現在のチベッタンのような人種であったという説がある。

アーリア系の征服民族に追われたインドの土着の種族が、多数、ヒマラヤの高地に移り住んだ時期があったのではないだろうか。もともと、ヒマラヤの高地にチベッタン系の人々が住んでいたとしても、そのようにして山へ移った種族と彼等とは、濃く、血が混ざりあったのではないだろうか。

混ざりあったのは、むろん、血だけではなく、それぞれの種族が有していた神話もそうであったはずだ。

それは、仏教――つまり、現在のチベッタンの宗教である密教《ラマ》以前に成立した神話である。その神話は、密教《ラマ》にも強く影響を与えたはずであった。

原形そのものの話の収集はともかく、密教《ラマ》と混ざりあったものであれば、いくつかはそういう神話を拾うことはできるかもしれなかった。

そういう神話と、ヒンドゥーの神話とを比べることによって、土着の民族が有していた神話の原形をさぐり出すことも可能なはずであった。

ヒンドゥーの神話については、これまで様々な角度の光があてられている。

シヴァ神の原形であるルドラ神や、ヒンドゥーの神々については、ギリシャ神話のそれとも対比が可能である。

最終的には、そういう対比を、ぼくの集めた神話と、日本の記紀の神話のいくつかとでやってみようと、ぼくはそんな夢のようなことを考えていたのである。

もとより、アクロバットのような論理の展開や、こじつけに近い論を語ることになるのだろうが、あながちそうとばかりも言えない部分も、わずかながらあるのだ。

日本語となっている言葉のいくつかの原形は、インド及び、このヒマラヤの山麓で生まれたのだという学者もいるのである。

記紀の神話にある、イザナギ、イザナミの話と類似した神話が、どうやら南太平洋の島々にもあることは、すでに知られている事実だ。記紀の神話とギリシャ神話との類似性について発言している学者だっているのである。

夢だ。

夢以上に信じて、この土地までやってきたわけではない。

奇説すれすれのものであるにしろ、論文のいくつかは提出しなければ、大学院生として、そろそろ格好のつかない立場に、ぼくはいたのだった。

大学の研究室で、名ばかりの助手のような仕事はしているが、実のところ、ぼくは行き場がなくて大学に残ったような人間だった。

助教授になり、やがては教授にという野心に、胸を焦がしているわけでもない。

立場上、フィールド・ワークの真似ごとなりともやろうということなのだったが、かといって、まるっきり、嫌な分野に首を突っ込んでいるわけでもなかった。

正直に言えば、学生の時にトレッキングにやってきたこの土地が気に入って、もう一度この土地にやって来る理由欲しさに、このようなテーマを選んだという部分も、ないわけではなかった。

わざわざ、ネパールのヒマラヤ山中にあるチベッタンの村にゆきたくて、論文のテーマを決めたのだろうと言われても、ぼくは反論するつもりはない。それほど、ヒマラヤの白い峰々と、その山麓にあるネパールという土地は、ぼくにとっては魅力だったのだ。

もともとが、学生の頃から好きだった山に端を発しているのである。ヒマラヤに憧《あこ》がれ、この土地に足を踏み入れ、そしてこの土地のとりこになったのだ。

ともあれ、ぼくは、そのフィールド・ワークを雨の中でやるつもりはなかったのだった。

それで、十月のこの時期を選んだというわけなのである。

もうひとつ告白しておけば、行き場のない恋に結着がついてしまったはずみも手伝って、ぼくはこの国にやって来たのだった。

そこで、ぼくは、原色の血の色をした祭り、ダサインに出会ったのである。

2

ネパールは、ぼくにとっては魔法の国だった。

その首都、カトマンズ。

この街でなら、どのような奇跡やできごとがあろうとも、不思議はないような気がした。

しばらく前に失った、ささやかなぼくの恋までが、この街のどこかには、まだ無傷のまま残っているのではないかと、そんなことさえ想ってしまう。

たまたま好きになった女性が人妻であったという、それだけのことで、一年近くの時間を、ぼくはじたばたとして過ごしたのだった。結局、相手の女性が、ぼくよりも、そしておそらくはその亭主よりも、自分の子供を選ぶという賢い判断をしたおかげで、その一年近くのじたばたが終ったのだった。

奇跡のように、相手の亭主にも知られることなくすんだのだが、そういう賢い判断ができる程度には、彼女も、この恋におぼれてはいなかったということなのだろう。

男は、その失った恋の大きさに応じて、ほどよい遠さの旅に出るか仕事に打ち込むかすることになっているのだが、ぼくの場合は、その仕事と旅とを一緒にすることになってしまったのだった。

これも、タイミングだ。


ぼくの乗った、ロイヤルネパール・エアラインの飛行機がカトマンズの上空にさしかかった時は、すでに夜であった。

窓に、鼻先を押しつけるようにして、ぼくは、下方に広がるその深い暗黒を見下ろしていた。

暗い海のような闇だった。

その底に、ぽつん、ぽつんと、灯《あか》りが見える。

カトマンズの灯りだ。

東京のそれのように、群れてさざめくような灯りではない。

灯りと灯りとの間に、ほどのよい距離が保たれているのである。なつかしい距離であった。ほとんどが、白熱灯の灯りだ。一国の首都だというのに、都会に特有の、とりどりのネオンの色がない。

その灯りと灯りとの間の闇が、何故か、ぼくにはひどく温かかった。人の温もりのある闇であった。

灯りの下よりも、その灯りと灯りの間の闇の中にこそ、この国のほとんどの人間が、生活し、呼吸をしているのである。

その散らばった灯りの先に、次の街の灯りが見えているわけではない。

ただ、暗黒がある。

カトマンズに降り立った時、ぼくは、風の匂いを嗅《か》いでいた。

なつかしい匂いだった。

ああ、この匂いだと思った。

この国に二度目にやってきたのではなく、ようやく帰ってきたのだなと、そう思った。

火と煙の匂いであった。

獣の匂いであった。

そして、人の匂いであった。

さらには人の汗と、獣の汗の匂いだ。

人の糞《ふん》と獣の糞と、そして血の匂いと土の匂い――古い神々や氷河の匂いまでが、この大気の中に一緒くたになって溶けている。

人も、犬も、牛も、ニワトリも、そして神々さえもが皆同じ街の住人なのだった。

この雑多な街の記憶が、ぼくの肉体の中にどれだけ深く染み込んでいたのかを、ぼくは風の匂いを嗅いで知ったのだった。

街の中心に近い、インドラチョークのゲストハウスに、ぼくは宿をとった。

日本で言えば、喫茶店に入って、コーヒーを飲み、一番安いサンドイッチを喰《た》べるくらいの値段で、一泊の宿がとれるのだ。

ここより高いホテルもむろんあるが、安いホテルはそれ以上にある。

その晩、ぼくは、興奮してなかなか寝つかれなかった。

ついに来てしまったのだなという、不思議にしみじみとした思いを、イモリの這《は》う天井を見つめながら、ぼくはベッドの中で嚙《か》みしめていたのだった。

翌朝、街へ出た。

四年前——二十歳の冬に来た時よりも、カトマンズの街は、賑《にぎ》やかになっていた。

車の数が増えていた。

人の密集した、どんな細い路地にも、車は入り込んできた。絶え間なく鳴るクラクションの音がやかましかった。

車が入り込んできても、人間は平気だ。

牛や犬のように、悠々としている。

その車の横を、リキシャが抜けてゆく。自転車が抜けてゆく。原色のサリーを着た女や、もっと汚ない布をまとっただけの女が歩いている。スカートや、ワンピースを着、サンダルばきの女もいる。

異国の風貌《ふうぼう》をした、鼻の高い、瞳《ひとみ》の大きな男もいれば、驚くほど日本人に似た、鼻の低い、眼の細い人間もいる。

ヒッピーの生き残り風の白人もいる。

男や、女。

老人や子供。

ほとんどあらゆる種類の人間がこの街にひしめいていた。

人と同じレベルに、牛がいる。

山羊《やぎ》がいる。

犬がいる。

古い木造の寺院があり、その横にレンガの傾いた家があり、そのさらに横には、コンクリートの建物があったりする。

車が走る横を、牛に曳《ひ》かせた荷車が動き、山羊の首や、胴や足――原色の血肉を乗せた籠《かご》を持って、どこへやら歩いてゆく老人がいる。道端に広げた筵《むしろ》の上で、果物を売っているかと思うと、その近くの建物のガラスケースのむこうには、カメラや電器製品が並んでいたりするのである。

雑多で、活気があった。

ハシシュを売りつけようと声をかけてくる人間の中には、子供も混じっていた。

寺院の軒下で、人間の老人よりも歳経た風貌の山羊が、いつまでもじっと動かずに眼を閉じているのを、ぼくは長い間、見つめていたりした。

迷い込んだ路地の奥にある男根柱《リンガ》に、生なましい山羊の血がかけられ、その上に無数の花が散っているのを、ぼくは見た。

異国の街の雑踏に、ぼくは半分酩酊《めいてい》状態になっていたようだった。

そのうちに、ぼくは、奇妙なことに気がついた。

街をゆく人間たちの中に、山羊を曳いている者が多いことにである。山羊の首に紐《ひも》をかけ、その紐を握って、人々が歩いているのである。

そして、ある街角で、ぼくは、その光景に出会ったのだった。

小さな、傾きかけたレンガの建物の隅にある店であった。

土間があり、大小の洗面器がそこに置いてあった。

その洗面器の中に、原色の血肉や内臓が、山のように盛られていた。ある器の中には、絵の具のような、どろりとした真紅の液体が入っていた。その赤い表面に、ぶくぶくと泡が浮いていた。

血であった。

店の前に、炉があり、その上に鍋《なべ》が乗せられ、湯がたぎっていた。

そこからもうもう湯気があがっている。

ふたりの男が、店の前にしゃがんでいた。

サンダル履きの男だ。

ひとりは、火の中に薪《まき》をくべ、もうひとりは、ぼんやりと煙草をふかしていた。

その男の横に、山羊の首がふたつ、転がっていた。

地面の土が、赤い液体で濡《ぬ》れていた。

店の前に、杭《くい》が打ち込んであり、そこに、三頭の山羊がつながれていた。

その山羊をつないだ紐が、男たちとは逆の方向に、いっぱいに伸びていた。三頭の山羊が、男たちからできるだけ遠ざかろうと、後方に退《さ》がっていたからである。一番後方へ逃げているのは尻《しり》だった。だから、首をつながれているため、顔は、男たちの方に向いている。眼は、堅く、どこか宙の一点を見つめていた。

その山羊の身体が、石のように動かない。

硬直しているのである。

しかも、よく見れば、全身が細かく震えていた。

山羊の鼻から、鼻汁ともなんともつかない汁が流れ出ている。この三頭の山羊が脅えているのが、はっきりとわかった。

その理由がわかったのは、間もなくであった。

ひとりの、サリーを着た女がやってきて、煙草を吸っている男に何かを言った。

すると、男が立ちあがった。

三頭の山羊が、足を踏ん張った。

男は、女に笑いかけながら、無造作に山羊の一頭をつないでいる紐を引いた。

選ばれたその山羊が、びくんと身体を竦《すく》ませるのが、はっきりとわかった。

山羊が暴れ出した。

男が、角をつかんで、山羊を押さえつけた。

もうひとりの男は、いつの間にか立ちあがっていて、その手に大ぶりの山刀《ククリ》を握っていた。

〝く〟の字形に曲がった、鋭い鉈《なた》のような刃物だ。グルカナイフと呼ばれているものである。

その山刀《ククリ》を、男は、両手に握った。

もうひとりの男が、山羊を押さえつけている横に立った。

山羊は、その細く長い首を、いっぱいに、水平に伸ばされていた。

山羊が、さらに暴れ出した。

男が、山刀《ククリ》を打ち下ろした。

かつん、と刃が骨にあたる音がして、山刀《ククリ》がはじかれた。

山羊の首の体毛が、その一撃で、たちまち赤く染まってゆく。

男が、もう一度、山刀《ククリ》を打ち下ろした。

ざっくりという、大きな野菜か何かを丸ごと切る手応《てごた》えに似た音があって、どん、と無造作に山羊の首が前に落ちた。

ぴゅう。

と、首の切り口から、親指くらいの太い血の束が吹き出すのをぼくは見た。

山羊を押さえていた男が、洗面器でその血をきれいに受けた。

水をこぼすような音をたてて、その洗面器に、きれいな赤い色をした血が溜《たま》ってゆく。

新鮮な驚きがあった。

血というのは、もっと赤黒い色をしているものとぼくは思っていたのだ。

横倒しになった山羊の足が、数度、けいれんするように、宙を蹴《け》った。

それを、男が膝《ひざ》で押さえつける。

すぐに、山羊は動かなくなった。

ふたつ並んでいた山羊の首の横に、もうひとつの山羊の首が転がった。

つながれている山羊が、震えているのも当然だ。眼の前で何が行なわれているのか、わからないわけがないのだ。

ぼくは、その山羊が解体されてゆくのを見つめていた。

彼等の手際は鮮やかだった。

くるくると皮がはぎとられ、内臓が取り出されてゆく。

最後までそれを見ずに、歩き出そうとして、ぼくは、そこに、櫛形小夜子を見つけたのだった。

彼女は、長い髪と、大きな眼をしていた。

ジーンズをはき、その上に洗いざらしのシャツを着ていた。

彼女は、荷物も何も持たず、ぽつんとそこに突ったって、黒いその瞳で、それまでぼくが見つめていたものを、見つめていたのだった。

ぼくの視線に、彼女は気づいた。

ぼくの方を見た。

「凄《すご》いね——」

と、ぼくは言った。

彼女に半歩近づいて、また、山羊が解体されてゆく光景に眼をやった。

「ダサインなのよ」

彼女がつぶやいた。

言われて、ぼくはその時、ようやく気づいたのだった。

ダサインの祭りのことをである。

ダサインの祭りのことを、ぼくは知っていた。むろん、本による知識だ。

ダサインは、女尊ドゥルガー神に水牛を捧《ささ》げる祭りである。

ネパールの国中で行なわれる祭りだ。

金のある家は、水牛の、金のない家は山羊の首を落として、それをドゥルガーに捧げるのだ。

そして、肉を喰《た》べる。

めだまから、脳から、内臓から、何から何までみんな喰べてしまうのだ。

その祭りが、十月のこの時期であったことを、ぼくはすっかり忘れていたのだった。

「ダサインだったのか──」

ぼくは、ひどく納得した声でつぶやいた。

その声に、彼女がぼくの方を見た。

小さく首を傾けて、ぼくにその視線を向けた。

大きな、黒い瞳《ひとみ》が、ぼくを見ていた。

黒いだけではなく、その黒は微《かす》かに青みを帯びてさえいた。

月の光のような浸透力を持った眼だった。

ぼくは一瞬、肉体の内側から、魂の内部まで、その眼に覗《のぞ》かれてしまったような気がした。そして、その眼は、ぼくの肉体も魂も通り抜け、もっと遠くのものへと向けられているようであった。

ぼくの心臓が、どきりと鳴った。

こわいような瞳だった。

人を見る瞬間に、これほど神秘的な瞳を向ける人間がいることを、ぼくは知らなかった。

彼女の頬や、シャツの袖《そで》から出ている腕の肌は、病的なほどに白かった。

ぼくと櫛形小夜子とは、遠い、異国の呪法《ずほう》の街で、そのようにして知り合い、おそらくはぼくの一方的な恋も、そのようにして始まったのだった。

三章　肌膚《きふ》を腐植と土にけづらせ

1

何故、これを、千々岩聡に渡さなかったのか——

ぼくが、東京に帰ってからの二十日余りの間、おりに触れて考えていたのは、そのことだった。

アパートの部屋で、ぼくは、机の上のその螺旋《らせん》を眺めては、聡と小夜子のことを考えていた。

それが、小夜子がぼくに言い残したことのはずであった。死ぬ間際に、小夜子はぼくにそう言って、この螺旋を手渡したのだ。

——アンモナイトの化石。

ポカラの街で、買ったものだと、小夜子は言った。

同じ螺旋を、ポカラの街のあちこちの土産物屋の店先で、ぼくも何度か眼にしたことがあった。店と言っても、土の上に布を敷いて、そこに、土産品が並んでいるだけの露天の土産物屋だ。

そういう店に、このアンモナイトの化石が、よく転がっている。

ヒマラヤの山の中で採れたものだ。

世界で一番高いヒマラヤの峰は、昔は、海の底であった。

その海の底が、今は、天に一番近い場所にむき出しになっているのだ。標高五千メートルを越えた、そうした岩の中に、アンモナイトの化石が眠っているのである。

およそ、五億年の眠りだ。

ヒマラヤという山そのものよりも、このアンモナイトの方が古い時間をくぐってきているのである。

アフリカから分かれたインド亜大陸が、年々数センチのスピードで海洋を北上し、ユーラシア大陸にぶつかったのが、およそ六千万年前である。そのぶつかった途方もないエネルギーが、天に向かって盛りあがったのが、このヒマラヤである。

その時のエネルギーと、ぼくらにとってはほとんど永遠に近い時間が、このアンモナイトの螺旋の中には眠っているのである。

その螺旋を、山の中でひろってきては、こういう露天商に売っている人間がいるのである。

小夜子が、この螺旋を大事にしていたことが、今は、ぼくにはわかるような気がする。

黒附馬牛村で、お千代婆さんの座っていたあの螺旋を見たからである。

——月ノ森。

それが、あの螺旋のあった山の名前である。

標高九八七メートルの山だ。

東北では〝森〟と言えば山のことである。毒ケ森《ぶすがもり》、毛無森《けなしもり》、猫森《ねこもり》、狼森《おおかみもり》——色々な山に、森の名が付けられている。

早池峰山《はやちねさん》を含む北上山地は、古生代二畳紀の地質からなる隆起準平原である。この古生層を貫く、幅十キロほどの蛇紋岩の層が、早池峰山の本体である。

古生代と言えば、およそ五億七千万年前から、二億四千万年前までの間のことだ。

そのごく初期の段階に、アンモナイトも、オウムガイも、この地球に発生したのである。

北上山地もヒマラヤも、同じくらい古い地質の層でできあがっているのである。

アンモナイトもオウムガイも、五億年から四億年前の海に生まれ、月の時間を喰べながら、成長していった生物である。

どちらも、ひと月ごとの月の巡りを、自分の身体に年輪のようにひとつずつ刻み込みながら、成長する。月など見えない海の底で、彼等はどうやって、その月の巡りを知り得たのだろうか——。

しかし、その説をここで語るために、ぼくはこの話を始めたのではなかった。

ただひとつだけつけ加えておけば、アンモナイトという種は今はほろび、現在ではオウムガイが何種か、南の海に棲息《せいそく》しているだけである。

地球の歴史の同じ時期に、同じように生まれた、生活形態も体形もほとんどよく似たふたつの種類の螺旋のうち、一方が何故生きのび、一方が何故、ほろびたのか。

アンモナイトが、今や化石種でしかないのは、アンモナイトという生き物の造る螺旋が、神秘学上、閉じた螺旋であったからだという神智学者《セオソフィスト》もいる。

オウムガイの螺旋が、めぐるたびに外に向かって大きく開いてゆく（しかも黄金分割の中心点に沿ってその螺旋は成長してゆくのだ）のに対して、アンモナイトの螺旋は、同心円上に生じた螺旋——わかりやすく言えば、同じ太さの縄を巻いたような螺旋なのである。

オウムガイは時間に対して開き、アンモナイトは、時間を内部に閉じ込めていったのだ。

螺旋は、力だ。

神秘力と呼んでもいいし、進化力と呼んでもいい。それをどう呼ぶにしても、この世に満ちたあらゆるものの内部に、螺旋力が眠っていることは否定できない。

遺伝子の構造は、二重螺旋である。

原子核の周囲をまわっている電子の動きもまた螺旋である。

我々の地球もまた、太陽の周囲をまわる螺旋運動体であり、太陽はまたより巨大な銀河系と呼ばれる螺旋の一部である。

螺旋は成長する円だ。刻《とき》に沿って動く力が螺旋である。

輪廻《りんね》と呼ばれる運動系もまた、螺旋である。

そして、満ち欠けを繰りかえす月は、あらゆる螺旋力の象徴であった。

小夜子の話をしなければならない。

とにかく、小夜子が、この、ぼくが眼の前にしている螺旋を、いつも大事にしていたことを、ぼくは知っていた。

その死の直前に、小夜子は、ぼくにその螺旋を、千々岩聡という男に手渡してくれと言って、死んでいったのだった。

何故、この螺旋を、ぼくは、千々岩聡に手渡さなかったのか。

少なくとも、ぼくには、二度、その機会があった。

一度目は、ネパールで、櫛形源治と会った時である。

二度目は、二十日余り前、小夜子の育った村である、東北の黒附馬牛村を訪ねて、本人に会った時である。

——何故、渡さなかったのか。

その理由を、ぼくは知っている。

ぼくの中で燃えている、暗い、青い炎があったからだ。

嫉妬《しっと》の炎だ。

その暗い炎が焼くのは、自分自身の肉体である。

ぼくは、千々岩聡に嫉妬していたのだった。

何故なら、小夜子が、常にその心に抱いていたのは、千々岩聡であったからである。

ぼくの腕の中に、抱き竦《すく》められた時でさえ、火を囲みながら、自分たちのいる異国の神話や伝説について話していた時でさえ、小夜子の心の中にあったのは、千々岩聡であったのだ。

抱きしめても抱きしめても、小夜子は遠い場所にいた。どんなに強い力を込めても、腕の間から、すり抜けてゆくものをぼくは感じ続けていたのである。

ぼくは、なんのかんのと理由をつけては、二年間のうちに、五度もネパールへ足を運んだ。

そこへゆけば、小夜子がいたからである。

書こうとする論文などは、もはやどうでもよくなっていた。

あの山の中の村にゆけば、そこの、小さな、小学校を兼ねた診療所で働いている彼女に会えたからである。

遠い異国で、小夜子に会えたことは、奇跡のようなものであった。

実際に、彼女は、ぼくのいいパートナーだった。

ぼくが原稿にした、呪法《ずほう》や民話や神話のいくつかは、彼女が見つけてきてくれたものであった。

そういう方面には、驚くほどに敏感なものを、小夜子は持っていた。

村のある場所で、いくつかの砕けた石を見つけた時、その石を拾いあげて、

「厭魅《えんみ》ね——」

と、彼女がつぶやいたことがある。

厭魅ならば、仕事というか、そういう方面の文化がぼくの研究対象だったから、ぼくも知っている。

藁《わら》人形に、呪いたい相手の名を書き入れ、夜半に五寸釘《くぎ》を打ち込む——俗には、丑《うし》の刻参りと呼ばれる呪法が、厭魅である。

その、小夜子の見つけた石が、厭魅に使われたものだと彼女は言うのである。

「まさか」

と思ったが、それが事実であったことは数日後にわかった。

その厭魅の法をやった男から、ぼくは実際にそれを耳にしたのだった。

まず、呪いたい相手の家に、ひとつの石を置いておく。最低で三日間である。その後に、その石を拾いにゆき、呪いたい相手の名を書き込み、満月の晩に、月光のもとでその石を別の石で叩《たた》いて砕くのだという。

ヌンマオ——そういう名前の呪法だという。

男からその話を耳にして、ぼくは、小夜子にすぐに会いに行った。

「きみの言ったことは本当だったよ」

ぼくが言うと、彼女は静かにうなずいた。

「でも、あの石を見ただけで、どうしてわかったの？」

「石だけじゃないわ」

「え？」

「あの石を見た前の晩は、満月だったでしょう」

「満月？」

「そうよ。だから、これはきっとそうなんじゃないかって――」

「どうして、そういうことがわかるんだい？」

「日本にも、満月の晩にやる呪法はあるわ」

「それを知ってるの？」

「満月の晩にね、その村で一番高い樹のてっぺんに登って、月に向かって矢を射るのよ」

小夜子は言った。

こんなに美しいイメージを持った呪法があるのかと、ぼくは思った。

彼女の黒い瞳《ひとみ》が、遠い表情になって、哀切な色を溜《た》めていた。

それっきり、ぼくが、どんなに訊《たず》ねても、小夜子はその呪法については口にしなくなった。

その時、ぼくは、彼女の一番触れてほしくない部分に、触れてしまったらしかった。

何故、このような場所で、日本に帰らずに小夜子は働いているのか。

その秘密とも、その呪法が関係あるように、ぼくには思えた。

その呪法が、死ぬ前に彼女が口にした、魂月法だと、ぼくは、考えている。

彼女は、どこかで、その魂月法というのを見たことがあるのに違いない。

いや、もしかしたら、彼女は、自分でその呪法をこころみたことがあるのかもしれなかった。

だからぼくは、あの晩、訊《き》いたのだった。

しかし、源さんも、聡も、ぼくの問いには答えてくれなかった。

「どこで聴いたんですか、その魂月法というのを――」

源さんが、その時、ぼくに言った。

「小夜子さんからです」

「小夜子から?」

「ええ。村で、一番高い樹のてっぺんに登って、そこから満月に向かって矢を射る法だというふうに――」

ぼくは、自分の想像を含めて、源さんに言った。

この遠野という土地は、昔から、『遠野物語』にもあるように、伝説や、奇妙な話の多い土地だ。東北地方には、アラバキ一族と呼ばれる、無数の鬼――原日本人たちが住んでいたとの記録もある。

このような呪法を残している村があってもおかしくはない。現に、四国のある村には、厭魅の法を行なう、イザナギ流の陰陽師《おんみょうじ》が、現代にもきちんと残っているのである。

「さあてね」

源さんは、ぼそりとつぶやいて、それきりその話題についてはひとことも触れなかった。

どのような呪法なのか。

いったい、何があったのか。

ぼくの眼の前に転がっている螺旋《らせん》には、いったいどのような意味があるのだろうか。

小夜子のことで、今、ぼくに残されているのは、哀しすぎるほど多くの思い出と、この螺旋だけであった。

小夜子は、ぼくと一緒に山に登り、落石に打たれてこの世を去っていったのである。

その小夜子の体温と、想いがこもっているのが、この螺旋なのだった。

ぼくは、長い間、アンモナイトの黒い螺旋を見つめていた。

ふと、ぼくは、この螺旋を、聡に渡してもいい気持になっていた。

そのかわりに、どうしても、知りたいことがあった……。

2

聡から電話があったのは、アンモナイトの螺旋を送ってから、二日後であった。

「受けとりましたよ」

彼は言った。

静かな声であったが、その声の中に、どうしても押さえきれない興奮――悦《よろこ》びのようなものが混じっているのを、ぼくは感じとっていた。

得体の知れない嫉妬《しっと》が、ぼくの心を焼いた。

間違いなく、ぼくの知らないものが、ぼくの手を経て、小夜子から聡に届けられたのだということを、ぼくは知った。

死んでなお、小夜子と聡とは通じあえているのである。

「約束は守ってもらえるんでしょうね」

ぼくは言った。

「もちろんですよ」

聡が言った。

ぼくは、三日前の晩、千々岩聡に電話を入れたのだった。

小夜子から、死ぬ前にあずかったものの話をし、それを聡に渡してくれと頼まれたことまで、ぼくは聡に語った。

それを受け取りたいという聡に、ぼくは、条件を出した。もともとは、聡が受けとるべきものではあったが、この機会を逃がすわけにはいかなかった。

それは、小夜子からあずかったアンモナイトの化石を渡すかわりに、魂月法について、どうしても教えてほしいというものであった。

それを、聡は承知し、そして、ぼくはその螺旋を送ったのである。

「しかし、今、電話でというわけにはいきません」

聡は、低い声でぼくに告げた。

「じゃ、いつ？」

「四日後は、いかがですか」

「四日後？」

「はい」

「どうしてですか」

ぼくが言うと、聡は小さく笑った。

「満月だからですよ」

「満月？」

「しかも、小夜子が死んでから、ちょうど十二回目のね——」

「——」

「また黒附馬牛村まで来ませんか。四日後の晩に、こちらでなら、あなたに色々と教えてあげられると思いますから——」

四章　四方《しほう》の夜の鬼神《きじん》をまねき

1

ぼくと最初に出会った時、すでに、櫛形小夜子は半年近くも、ネパールに住んでいた。住んでいるのは、ポカラという街から、ジョモソム街道を西へ二日ほど歩いた場所にある小さな村《ガオン》だった。

街道と言っても、車は通らない。

人は、徒歩で歩くだけだ。

古く、インドとチベットとの交易に利用された道で、石畳の路《みち》になっている場所もある。ある時は、河に沿い、ある時は山道となる街道である。

その街道から、北側のアンナプルナの山麓《さんろく》へ、少し入ったところに、小夜子の住んでいるプルパニという村があった。

ネパール語で、プルが橋、パニが水という意味で、それを合わせてプルパニである。

名前の通り、川と橋の多い村だった。

その村に、ささやかな水力発電の設備を自費で造ろうとしている、イギリス人夫婦の医者のところで、小夜子は働いていた。

二カ月に一度のわりあいで、そのイギリス人夫婦は、カトマンズまで買い出しに出る。ぼくが小夜子と会ったのは、その買い出しの日だったというわけだ。

「本当は、ひとりが残って、留守番をしてないといけないのよ」

小夜子は言った。

山の村の診療所で、入院するような患者はむろんいないのだが、問題は、人ではなく、発電機の方なのだという。

一日、家を留守にすると、川の水を利用して造った発電機が動かなくなっている。村の人間の誰かが、発電機の中の、金になりそうな部品を盗んでいってしまうからである。

ようやく最近になって、そういうことも減ってきたのだという。

それで、小夜子も、イギリス人夫婦の後について、カトマンズまで出てきていたのであった。

その村の場所を訊いて、ぼくは、予定していたフィールド・ワークの仕事を、一週間ほど早めに終らせて、通訳の人間も連れずに、その村を訪れたのだった。

予期していたほどの成果をみることなくその村を訪れたぼくは、そこで、神話ではなく、今もなお生き続けている呪詛《すそ》に出会ったのだった。

すでに話したと思うが、厭魅《えんみ》――ヌンマオに利用されたらしい石を、小夜子が発見したのも、ぼくのその最初の滞在の時であった。

ぼくが、神話や民話、そういう方面の伝聞を採集しているのだということを小夜子が知っていて、偶然にその石を見つけた時に、それをぼくに教えてくれたのだった。

〝魂月法〟という呪詛の名を、小夜子の口から耳にしたのもその時だった。

そうして、ぼくは、その呪詛の村に――正確には小夜子のもとに、日本から通うようになったのだった。

その村からすぐ上の村――といっても一時間は徒歩で歩くことになるのだが――が、チベッタン系の村になっており、ぼくの仕事にはちょうどよかった。

「この村は、わたしの住んでいた村に似ているわ」

ある時、小夜子がそう言ったことがあった。

「わたしの村にも、橋が多かったわ」

小夜子は、ぼくをあの眼で見つめながら、ぽつりぽつりと、自分の村のことをきわめて少ない情報量ではあったけれど、話したりしてくれたのだった。

そんな時、彼女は、ひどく遠い眼つきをした。

小夜子は、いつも、螺旋を持っていた。

黒い、アンモナイトの化石である。

幼児の拳《こぶし》ほどの大きさのものだ。

ポカラの街の、露天の土産物屋に行けば、どこにでも並んでいるやつだ。

二度目に、プルパニの村を訪れた時には、すでに、ぼくはそのことを知っていた。

彼女はいつも、ポケットのどこかに、その螺旋《らせん》を忍ばせていた。

「いつも、その化石を持っているんだね」

ある時、ぼくは、そう訊《き》いたことがあった。

「これがあると、とても安心するの」

その時、彼女は、淋《さび》しげな声で、ぼくにそう答えたのだった。

2

山は、巨大だった。

まるで、宇宙が眼に見える岩の塊となってそこに転がっているようだった。

その岩の襞《ひだ》の間を、ぼくと小夜子とは、虫のようになって、黙々と歩いた。

空気が薄い。

ぼくらの歩いているそこは、富士山よりも高い場所だ。富士山よりも高い場所を歩いているのに、まだそこは地上で、遥《はる》か頭上に天がある。

蒼《あお》い天だ。

その蒼い天を見ていると、自分が盲人《めしい》になったような気持になる。

ただ一色の蒼。

それは、どのような色にも見える。

その向こう側に、宇宙の色が透けて見える蒼だ。

歩くにつれて、左右の岩襞の間から、アンナプルナ南峰の、白い岩尾根が、時おり見える。

うっとりするような、眩《まぶ》しい白だ。

その白を見たり、岩や、水や、枯れかけた高山植物を足元に見つけたりしながら、ぼくらは、岩を踏んでいった。

ゆっくりと歩く。

酸素の量は、およそ、地上の三分の二だ。

あまり急ぐと、息切れがする。

肌に薄くかいた汗は、たちまち、乾いた大気に溶けてゆく。

軽い頭痛があった。

高山病の初期の症状だが、気にするほどではなかった。

むしろ、ぼくの気分は、最高の状態にあったと言ってもよかった。

自分の心臓の鼓動、呼吸、それらと前に踏みだしてゆく自分の足のリズムが、ひとつになっている。

疲労すらが、心地良かった。

自分のリズムが、ゆっくりと、一歩ごとに山と同化してゆく感覚。ぼくは山に溶け、肉体が宇宙と重なってゆく——

後方から聴こえてくる、小夜子の呼吸音。

それらがぼくを酩酊《めいてい》状態にしていた。

山は、山であった。

山もこれだけ巨大になると、その裡《うち》に宇宙を内在させている。

荒々しいだとか、清浄だとか、そういう人間の言葉が届かない場所に、すでに山は行ってしまっている。いや、行ってしまっているのではない。ただ、山は、そこにそうやってあるだけだ。

ただ、巨大な無垢《むく》である。

地球が、そこで宇宙に剝《む》き出しになっている。

ぼくらは、一匹の虫になることができるだけだ。

ただの生き物になる。

ただの生き物になって、宇宙や、山が共有している時間の中へ入ってゆくのだ。

溶けながら、満たされてゆくようであった。

——五度目のネパールであった。

ひとつの決心をして、ぼくは、五度目のネパールの土を踏んだのだった。

肝腎《かんじん》の仕事は、ほとんど手つかずの状態であった。
拾い集めた、ネパールの神話や伝説が、雑然とぼくのノートに記され、それが溜《たま》って
ゆくだけだった。
ぼくの頭の中を占めていたのは、ネパールの神々の伝説や、民話ではなく、ただひと
りの女性のことであった。
ぼくのその気持は、おそらくは小夜子に伝わっていたに違いない。
いや、伝わっていたのだ。
伝わってはいたが、それは、ぼくが自分の口から直接伝えたものではなかった。
誰だって、日本から何度も、自分の所へ足を運んでくる男がいれば、その男が自分に
対してどういう感情を抱いているかはわかる。
ぼくは、いったい、何を待っていたのだろうか。
小夜子が、自分の方から、ぼくのことを好きだと告白してくれることをだろうか。
もしかしたら、ぼくは、小夜子に拒否されることをすら、望んでいたのかもしれなか
った。
ぼくは、彼女がぼくに寄せてくれる好意のようなもの――そういうものを確かに感じ
とることができた。そうでなければ、いくらなんだって、遠い異国まで、何度も足を運
べるものではない。
ぼくが知りたかったのは、その彼女の好意が、それ以上のものであったのかどうかと

いうことであった。もしくは、彼女の好意が、好意以上のものに変わってくれることを、ぼくは望んでいたのだった。

だが、ぼくにはわかっていた。

小夜子に、好きな男がいることを。

あたりまえだ。

ぼくが、小夜子を好きだったからだ。

ぼくは、小夜子のどんな表情も見逃がさなかったし、どんなに小さな仕種でさえ、見逃がさなかった。

そのことに気づいたのは、ぼくが二度目にネパールを訪れた時であった。

何の話をしている時でも、小夜子の心は、ここではない別の場所にあった。

どんなに熱心に話をしていた時でさえ、彼女の眼は、ぼくではないもっと遠くのものを見つめているようであった。

初めて会った時の、あの眼だ。

白い山の頂よりも、さらに遠くのものへ向けられている眼だ。

「呪《しゅ》というものは、心の弱い人のためのものなのよ……」

ある時、彼女がそう言ったことがあった。

「ひとを縛ったつもりになっても、あれは、結局自分を縛ってしまうのね」

彼女は、その時微笑したが、それはひどく淋し気な微笑だった。

「まるで、自分で誰かに呪法《ずほう》をかけたことがあるみたいな言い方だね――」

ぼくは言った。

彼女は答えなかった。

答えずに、ぼくに同じ微笑を向けたまま沈黙していた。

その時、ぼくは、何故だかはっきりわかったのだ。

――小夜子には好きな男がいる。

いつも、彼女はぼくのそばにいながら、もっと遠くにいる――そういう距離感や、その他のことの何もかもがぼくには了解できたのだった。

この国と、日本との距離――それだけの距離を必要とするものを、彼女は、その細い身体の内部に持っているのだ。

その時から、ぼくのネパール通いが、狂おしい、辛《つら》いものへと変わったのだった。

ぼくが、彼女に見たのは、眼に見えない壁であった。ぼくが、彼女の内部に入り込もうとすると、その壁にぶつかってしまうのだ。

しかし、そのことに関するどのような話も、ぼくと小夜子とは、したことがなかったように思う。

そのことに触れるのが、ぼくは怖かったのだ。

むろん、彼女の方から、そのような話題が口をついて出ることはなかった。

四度目に、ネパールを訪れた時、ぼくは気づいた。

彼女が、次第に、ぼくのことを重荷に感じはじめていることをである。

それもあたりまえであった。

短い期間に、普通の男が、仕事がらみとはいえ、外国に住む女の元へ、そう何度も足を運べるものではないのだ。その女に対して、特別な感情を抱いているのでない限りは、である。

その特別な感情を、ぼくは彼女に対して抱いていたし、その特別な感情がどのくらいのものであるのかは、ネパールと日本との距離と、それにかかるフライト代、そして、その回数が、ぼくが口にせずとも、自《おの》ずと彼女に語っていたことになる。

ぼくが彼女によせている想いが、彼女にとっては重荷になりつつあるのだった。しかし、それがいくら重荷であるにしても、彼女は、それをぼくに言うことはできない。ぼくが、自分の気持を彼女に伝えない限りは、である。

ぼくが最初に告白する。それが順序だ。そうすれば、この恋とは呼べないかもしれない、ぼくの一方的な想いの行方については、彼女に下駄をあずけたことになる。

だから、ぼくは、小夜子を、トレッキングに誘ったのだった。

それは、ずるいやり方であったろうか。

トレッキング——ネパールの山麓《さんろく》を、歩いてまわる旅である。

三泊四日の、ささやかなトレッキングだ。

アンナプルナの懐深く入り込んで、五千メートル近い場所でキャンプをし、そして帰ってくるコースだった。

ふたりだけのトレッキングだ。

テントはひとつ。

以前に、一度、小夜子を雇っているイギリス人夫婦と一緒に、四人で行ったことのあるルートだった。

そのトレッキングの最中に、ぼくは、ぼくの気持を彼女に伝えるつもりだった。もし、彼女が、ぼくとのそのささやかな旅を断るのであれば、それはひとつの答として受けとめようとぼくは考えていた。

そのトレッキングに、彼女が同行することになった時、ぼくの心は、震えた。それは、たぶん、喜びの震えであったろう。

もし、彼女がそのぼくの申し出を受けてくれるのなら、それは、やはりひとつの答であろうと、ぼくは考えていたからである。

おそらく、ぼくが、小夜子とのことで、もし至福の時を得たことがあるとすれば、そのささやかなトレッキングの最中がそうであったろう。

ぼくらは、ほとんど言葉もかわさずに、細い山の道を歩いた。かわされた言葉は、ごくわずかであった。それでも、ぼくは、ぼくらの間に、初めてと言ってもいい、何ものかを同じ時間に共有しているという空気を感じていた。それが、仮に、多少なりとも不安の混ざったものであったとしてもである。

それすらも、ぼくの錯覚であったとは思いたくない。

枯れかけた竜胆《りんどう》の花をのぞかせた石を踏み、落葉の匂いを嗅《か》ぎながら、ぼくらは、ゆっくりと、秋の山の中へ登って行った。

登るにつれて、秋が深まってゆく。

プルパニの村では、まだ、夏の名残りさえ感じられた風景が、ぼくらが高度をかせぐにしたがって、秋になってゆく。日本の秋と、驚くほど似ていた。

紅葉したダケカンバの森を、湿った落葉を踏みながら登る。踏みしめる登山靴の下で、ダケカンバの落葉が潰《つぶ》れ、その下の腐蝕《ふしょく》土から、歳へた山の土の匂いが空気に溶ける。そういう匂いや、樹肌《きはだ》の匂いや、草の匂い、時折道端に落ちている山牛《ヤク》の糞《ふん》の匂い——様々な匂いまでが、登るにつれて、変化してゆく。

時折は、後方から、小夜子の汗の匂いや、髪の匂いまで漂ってきたりした。

森を抜け、ぼくらは、谷の道を歩いた。ダケカンバの谷だ。

黄金色に染まったダケカンバの葉が、風に舞いあげられ、幾千、幾万もの群となって、蒼《あお》い虚空に吸い込まれるように、谷の上空の光の中を天に向かって昇ってゆくのも見た。

その遥《はる》か向こうに、ヒマラヤの白い峰が見えている。

ぼくらは、無言で足を止め、その光景をいつまでも眺めていたりした。

ぼくらがキャンプを設営したのは、正面にアンナプルナの岩峰《がんぽう》が見える、紅葉したダケカンバに囲まれた谷であった。

谷の中心に、氷河から溶け出した川が流れていた。

冷たい水であった。

手を、二十秒と差し込んでいられない。

風もまた冷たくなっていた。

ぼくらはザックの中からセーターを出してそれを着た。

高い崖《がけ》の下にある大きなダケカンバの根元にテントを張り終えた時には、眼の前のアンナプルナの白い岩峰が、赤く染まっていた。

もう、とっくにこの谷には差し込まなくなった陽光が、まだ、成層圏に近い山の頂には、差しているのである。

黄金の色を含んだ、深い色をした赤だ。

ヒンドゥーの神々にささげられた、何かの灯《あか》りのように、谷がすっかり暗くなってからも、天の一角の白い岩峰にだけは、いつまでもその赤い色が消えずに点《とも》っていた。

ぼくらのかわす言葉は、さらに少なくなっていた。

その晩、テントの中で、寝袋に潜り込んでからも、ぼくらはなかなか寝つかれなかった。

寝袋の中で、ひとつふたつの言葉をかわすと、あとはもうかわす言葉が失くなっていた。

ぼくは、闇の中で、眼を開いたまま、いつまでもテントの天井を見つめていた。

横で寝ている小夜子の呼吸が、ぼくの耳に届いてくる。

ぼくの耳で、何かが鳴っていた。

ぼくの心臓の音だった。

闇のどこかの、高い場所で、岩の音がした。

岩が、岩にぶつかる音だ。

その音が、闇の中を近づいてくる。

停まった。

ぼくらのテントの背後にある崖の一部が崩れたのだ。そして落ちた岩が、崖の途中で停まったのである。

その岩は、ぼくの胸の中に転げ落ち、そうして、そこに停まったようであった。

ふいに、ぼくの唇から、言葉がついて出ていた。

「起きているんだろう?」

ぼくは言った。

闇の中で、肯《うなず》く気配があった。

また、沈黙があった。

彼女の呼吸音。

ぼくの心臓の音。

それに、耐えきれなくなったのはぼくだった。

「好きなひと、いるんだろう?」

　ぼくは言った。

　しかし、それはぼくが言おうとしていた言葉ではなかった。

　——何を言っているのだ。

　ぼくは、自分で言ってしまった言葉に、自分で歯を軋《きし》らせた。

　そんなことを訊《き》くつもりではなかったのだ。

　好きだと、それだけを言うつもりだったのだ。

　闇の中で、彼女がうなずく気配があった。

　ぼくの胸に、痛みが疾《はし》った。

　呼吸が苦しくなるような痛み——

　その痛みを、彼女にさとられまいとするように、ぼくは、そろそろと息を吸い込み、吐いた。

「その男のひとは?」

　ぼくは訊いた。

　その彼女が好きだという男が、彼女のことをどう想っているのかを、ぼくは訊《たず》ねたのだった。

　それも、ぼくが言おうとしていることではなかった。

　彼女は答えなかった。

低く、彼女の呼吸音が届いてきた。

彼女は泣いているのだった。

ぼくはまた、言葉に詰まった。

長い間、ぼくは、言葉を捜し続けていた。

いや、捜す必要はなかった。

言葉は、ぼくのすぐ近くにあった。

ぼくが捜していたのは、その言葉を言うための、勇気だった。

しかし、二十代も半ばを過ぎた男が捜すにしては、なんとささやかな勇気であったろうか。

長い沈黙があった。

その沈黙の果てに、ようやく、ぼくはそれを言ったのだった。

「好きなんだ」

ぼくの声は、低く、少ししゃがれていて、そしてうわずっていた。

また、長い沈黙が、テントを満たした。

ぼくには、どうしていいかわからなかった。

もう一度、同じ言葉を繰りかえそうとした。

いや、それより前に、ぼくは、彼女の方に向きなおり、彼女を抱き寄せて、そのまま唇を奪ってしまいそうだった。

——その時。
ぼくの右肩に、そっと触れてきたものがあった。
彼女の指であった。
ぼくは、身をよじって、彼女の方に向きなおった。
すぐ近くに、彼女の顔があった。
ぼくの眼の前に、黒々とした、彼女の瞳《ひとみ》があった。
ぽっと、テントの中が明るくなっていた。
ほのかな、青い灯りだ。
谷の端から、月が顔を出したらしかった。
もう、ぼくは、我慢できなかった。
彼女をひき寄せていた。
少年のように、胸がときめいていた。
抱きしめた。
力の限り、抱きしめた。
どんなに力を込めてもたらなかった。
唇が、触れあった。
彼女はTシャツを着ていた。
そのTシャツの下の甘やかな素肌が、ぼくの腕の中にあった。

至福を、ぼくは味わった。

その瞬間こそが、ぼくの恋の成就であった。

ぼくの手は、彼女の胸に伸ばされた。

Tシャツの上から、胸を、掌《て》の中に捕えた。

柔らかな胸であった。

その中心に、堅くなった乳首がある。

舌先を触れ合わせて、ぼくらは唇を離した。

「知ってる？」

彼女が訊いた。

「何を？」

「炎の横のバターは溶ける、って――」

「何？」

「この国のことわざよ」

それは、ぼくのことを言っているのか、彼女が自分自身のことを言っているのか、ぼくにはわからなかった。

眼を見つめ合った。

その彼女の眼が、ふっと上に向けられた。

「月……」

と、彼女がつぶやいた。
彼女も、明るくなった、この光のことに気づいたらしかった。
その瞬間から、ぼくの腕の中で、彼女が遠のいてゆくのが、ぼくにはわかった。
ぼくの腕の中にいるはずの小夜子が、ぼくの腕の中から逃げてゆく。
ゆっくりと、ぼくらは、身体を離した。
長い間、ぼくらは黙っていた。
「外へ、出るわ」
彼女が言った。
「外へ?」
ぼくは、かすれた声で言った。
「月を、見たいの」
彼女は言った。
ぼくらは、テントの外へ出た。
セーターを着、ウィンドヤッケを身につけていた。
ぼくらは、小さな岩の上に立った。
そこは、青い、海の底であった。
遠く、遥《はる》かに、アンナプルナの白い雪の峰が見えていた。
そこに、しらしらと、天から月光が差していた。

満月であった。

月光は、ぼくらのいる谷にも、降りそそいでいた。

ダケカンバの梢《こずえ》の向こうに、星が見えていた。

満月だというのに、凄《すご》い星の数であった。

天のどこかにいるようであった。

地球ではない、どこかに、ぼくらはふたりきりでいるようだった。

ダケカンバの下から出ると、さらに満月の光はぼくらの周囲に満ちた。

このような光景があるのかと思った。

澄んだ、ガラス質の月の音が、耳に届いてくるようだった。

ぼくは、彼女から数歩離れた場所で、胸をしめつけられる思いで、彼女のその後ろ姿を見ていた。

その時——

音が聴こえたのだった。

右手の上方——崖《がけ》の上からであった。

岩が、岩にあたる音。

落石だ。

頭上のどこかで、その音がふいにとぎれた。

石がとまったのかと、ぼくは思った。

そうではなかった。
落ちてきた石は、崖の岩にはじかれて、宙に飛び出していたのだ。
ふいに、小夜子が倒れた。
声もあげなかった。
棒のように倒れた。
ぼくは、最初、何がおこったのかわからなかった。
低く、彼女の名を呼んだ。
彼女は答えなかった。
ぼくは、彼女へ駆け寄った。
彼女を抱き起こした。
その手が、ぬるりとした、なま温かいもので濡《ぬ》れた。
血だった。
落ちてきた石が、彼女にあたったのだ。
ぼくは、その時、悲鳴をあげていたように思う。
その悲鳴が、彼女の眼を開けさせた。
彼女が、ぼくを見た。
「ポケットに……」
と、彼女が言った。

彼女の右手が動いて、ヤッケの右のポケットをさぐろうとしていた。

かわりに、ぼくは、そのポケットに手を突っ込んだ。

堅いものがあった。

ぼくは、それを取り出した。

あの、石の螺旋《らせん》であった。

アンモナイトの化石だ。

それを、ぼくは、彼女の右手へ握らせた。

どくどくと、彼女の髪の中から、血があふれ、ぼくの腕を、肘《ひじ》を、膝《ひざ》を濡らしてゆくのがわかった。

ぼくは、彼女の名を呼んだ。

彼女は、眼を開いていた。

その眼は、ぼくを見ていなかった。

月を見ていた。

その両手は、ぼくが渡したアンモナイトの螺旋を握りしめていた。

「満月で、よかった」

低く、彼女が言った。

そう言った彼女の唇には、微《かす》かな笑みさえ浮かんでいた。

ぼくは、彼女の身体から、生命《いのち》がどんどんと抜け出してゆくのを、どうしようもなかった。

タオルで、傷口を押さえることさえ、ぼくは思いつかずに、ただ、彼女を抱きしめていた。

「魂月法なんて、やらなければ……」

彼女はつぶやいた。

「え？」

ぼくは訊《き》いた。

彼女の言う言葉のどんなささいなことも、聴き逃がすまいとした。

「お願い……」

はじめて、彼女が、ぼくを見た。

「この石を、わたしが死んだら、千々岩聡という人に、渡して――」

言った。

「え？」

「渡して、千々岩聡に――」

ぼくは、うなずいた。

うなずいて、テントに向かって走った。

タオルと、薬を取りにゆくためだ。

おそらく、その時も、ぼくは悲鳴をあげていたに違いない。

そして、ぼくが、タオルと、彼女の傷をふさぐにはあまりにも小さなリバテープを持ってきた時、彼女は、その岩の上で、死んでいたのである。

月光を真上から浴びながら、彼女は眼を開き、胸の上に、あの螺旋を両手で握りしめたまま、月を見ながら微笑していたのだった。

五　章　月は射そそぐ銀の矢並

1

満月だった。
東の空に、大きな青い月が出ていた。
ぼくの立っているこの小高い丘からは、さっきまで黒附馬牛村がよく見えた。
しかし、今は、それも闇の中に沈んでしまっている。
誰にも内緒で、この場所で待っていてくれと、聡に言われたのである。
だから、今日、ぼくがこの場所にいることは、源さんも知らないのである。
この場所——
黒附馬牛村で、一番高い樹の立っている場所であった。
それは、大きな杉の樹であった。
聡が言うには、樹齢二千年以上にもなるらしい。

胸の高さで、大人が四人手をつないでも、囲みきれるかどうかというくらいの太さがある。

高さは、三十メートルを越える。

この杉を最初に見た時、ぼくは、その量感に圧倒された。

樹というよりは、大地から生え出た、巨大な意志の塊りのようであった。

その樹の下に、ぼくは立っているのだった。

その樹を背にしているだけで、背から、その量感が伝わってくるようであった。

風が出ていた。

頭上で、しきりと、杉の梢《こずえ》が葉をざわめかせている。

頭上に、海があり、その波の音を耳にしているようであった。

「やあ、来たね」

その時、ふいに、横手から声がかかった。

「きたよ」

ぼくは、言った。

聡が、いつかと同じ、ジーンズ姿でそこに立っていた。

2

月の光と、まだ西の空に残っている空の明りとで、聡の姿も表情も、まだなんとか見てとれた。

「いい満月だ」

聡は、ぼくの横まで歩み寄ってくると、東の空に輝きを増してゆく月に眼をやった。

その眼が、うるんできらきらと光を帯びている。

外見は静かでも、その身体のうちは、興奮に包まれているらしい。

「教えてくれる約束だった」

ぼくは言った。

「ああ、約束は守るよ」

聡は、ぼくの方に向きなおった。

顔を見つめあってから、

「この樹なんだろう？」

ぼくは言った。

「そうだ」

聡は、微笑さえしながら、答えた。

初めて会った時の印象を思えば、別人のようであった。

「この樹に登って、小夜子は、魂月法をやったんだよ」

「やっぱりあったんだな、魂月法という呪法《ずほう》が――」

「ああ」

「どういう呪法なんだ」

「あんたが言った通りさ。満月の晩に、たった独りでこの樹のてっぺんまで登り、天の満月に向かって、弓で矢を射かけるんだ」

「――――」

「ただし、裸でやらなくちゃあいけない。矢の先に、自分の経血を塗り、矢筈《やはず》には相手の陰毛を結びつける……」

「相手の？」

「恋しい男の陰毛さ。これは、月と血の繋《つな》がっている、女にだけできる呪法さ――」

「だから、どういう効き目のある呪法なんだ？」

「好きな男が、自分に惚《ほ》れてくれるようにするための呪法だよ」

聡が言った。

「じゃあ、小夜子は――」

「小夜子は、魂月法で、おれに呪《しゅ》をかけたのさ」

「なんだって？」

ぼくの心の中に、白い裸体を青い月光の下にさらしながら、この樹を、天に向かって登ってゆく小夜子の姿が浮かんだ。

ぼくの眼の前にいる、この男の心を自分のものにするためにであった。

「そうだよ。だから、小夜子は、おれの元から去ったんだ」

淡々と、聡がいった。

「どうしてだ、呪法は効いたのか――」

「効いたよ。あんな矢なんか射る前からな。おれは、ずっと前から小夜子が好きだったんだ……」

言って、聡は、ちらりとぼくの眼の中を覗《のぞ》き込んだ。

「たぶん、あんたよりもな」

と、つけ加えた。

「だから、その小夜子が、どうして、ネパールなんかに行ったんだ？」

「逃げ出したんだよ」

「何？」

「人の心を、呪で縛るということが、どういうことかわかったからさ」

「――」

「小夜子は、いくらおれが小夜子のことを好きだと言っても、信じられなくなっちまったんだよ」

「どうしてだ？」

「自分の呪が効いたためだと、彼女は思い込んでいたんだよ。半年も、彼女はもたなかった。おれが、好きだという度に、小夜子は泣いたよ。それで、おれに呪をかけたのを、告白したんだ」

普通の人間なら、この聡の話をどう聴くだろうか。

呪法が生きている村。

その村で、実際に呪法を信じ、その呪法を行なった女性がいて、かけられた男がいるのだ。

「信じなくたっていいぜ。今どき、呪法だのなんだのにふりまわされてる人間がいるなんてな――」

聡が言った。ぼくは、小さく首を振った。

ようやく、ぼくには、小夜子が何故ネパールに行って、もう日本に帰ろうとしないのか、わかりかけていた。

「しかし、最初から、あんたは、小夜子を好きだったんだろう。それなら、何故、小夜子は、わざわざあんたに呪法をかけたんだ？」

「おれが、小夜子に、わざと冷たくしていたからだよ」

「わざと？　何故だ？」

「おれの生命《いのち》が、あまり長くないからだ――」

「長くない？」

「癌なんだ。おれは、遅くとも三十歳になるまでに死ぬ。それが、千々岩家に生まれた男子の七割の運命なんだよ」

「わからないな」

「おれたちは、血が濃い。血のつながりのある人間同士が結婚を重ねているうちに、そうなってしまうんだ」

聡は、言ってから、自分の髪を掻《か》きあげた。

右よりの、額の毛の生え際に、青い痣《あざ》があった。

「見えるかい——」

と、聡は言った。

その痣のことを言っているらしかった。

「ああ」

ぼくはうなずいた。

「この痣はね、おれが生まれた時にはなかったんだ——」

「——」

「十七歳の時に、できた痣だ——」

「その痣が何だというんだ」

「千々岩の血を引く者はね、みんな長命なんだ。三十歳までに死ななければね。九十歳から百歳までは、みんな生きる——しかし、この痣ができた者は違う」

低いけれど、はっきりした声で聡は言った。

「この痣が出た者は、ほとんど例外なく、これまで癌で死んでいるんだよ」

「――」

「男にしか、出ない痣なんだ。どういう具合でそうなってるのかはわからないけどね。千々岩の男の七割までは、遅くとも二十歳になるまでの間にこの痣ができて、そして、癌で死ぬ……」

「そんな――」

「おれだって、どうしてだかわからないよ。でも、そうなんだ。癌ていうのは、遺伝するんだろう？　そういう遺伝子をもらったっていう印が、この額の痣なんだ――」

「でも、手術をすれば――」

「だめだったよ。早期発見、手術、みんなだめだ。手術で癌を摘出しても、すぐに次の癌が出る。転移なんてものじゃない。身体中のあちこちに癌が出てくるんだ。手術で、長く生きても、せいぜい半年さ――」

淡々とした聡の声が、痛いほど、ぼくの胸を打った。

「こういう男を、小夜子が好きになっても、何かいいことがあると思うかい？」

ぼくは、答える言葉を持っていなかった。

しかし、もうひとつ、訊《き》きたいことがあった。

「お千代婆さんのことは？」

「この村じゃね、死んだ人間の魂は、みんなあのオミダマ石の山に登って、昇天していくんだよ。ただし、満月の日に死んだ者に限ってね。それでみんな、あのオミダマ石の上で休んでゆく――」

「オミダマ石？」

「あの、大きなアンモナイトの化石さ。知ってるかい、どんな螺旋《らせん》でも、螺旋には必ず神秘力がある。月の霊光力と同調する力さ。月は、螺旋だからね。満ち欠けする月は、昔から陰陽の螺旋の象徴さ。そして、時間のね。時間《とき》もまた、螺旋なんだ。その螺旋の中に、小夜子は、自分の想いを封じ込んだんだよ」

歌うように、聡は言った。

「しかし、普通の者には、見えない。この村の人間か、月の神秘力を持った人間でなければ、昇ってゆく魂を見ることはできない――」

「でも、ぼくは見た」

「それは、君が、その時、月の神秘力に感応していたからだよ。この螺旋を持っていたからだよ――」

「――」

「声をかけたり、後をつけたりすると、昇ってゆく魂は、神秘力を奪われて、成仏できなくなってしまう。だから、あの時、お千代婆さんに声をかけたり、後をつけたりしなかったろうなって、源さんが訊いたんだよ」

「本当のことか？」

「信じる信じないは勝手さ。おれは、おれの知ってることを話しただけだからね」

聡の声がさらに高くなり、歌うような調子が強まった。

「これは、小夜子さ。間違いなく小夜子さ」

聡が、自分のポケットから、螺旋を取り出した。

ぼくが送った、小夜子の螺旋だった。

激しい嫉妬《しっと》の思いがぼくのうちにこみあげた。

——返してくれ。

ぼくはそう叫びたかった。

「もう一度、小夜子に会いたくないかい？」

ふいに、聡が言った。

「なに⁉」

「小夜子にもう一度会いたくないかと訊いたんだよ」

「そんなことができるのか？」

「できるさ、間に合ったからね。小夜子の思いがこもった、この螺旋が手に入ったからね。今日は、満月の晩じゃないか。おれにはわかるよ。小夜子が、どれだけおれのことを想っていたかがね。この螺旋を触ればそれがわかる。これは、小夜子だ」

熱にうかされたような声で、聡は言った。

聡は、ぼくの渡した螺旋に頬ずりをした。

「どうやって、会うんだ」

「小夜子を、この中から呼ぶんだよ。おれならばそれができる。おれだからそれができる。おれならば、それをやってもいいんだ。だから、小夜子は、自分が死ぬ時に、これをおれに渡してくれるように、あんたに頼んだんだよ。よかったよ。おれがどんなに感謝しているか、あんたにはわかるかい。あんたが、小夜子のそばにいてくれて、本当によかった——」

はっきりとした狂気の色が、月光を受けた聡の瞳《ひとみ》の中に宿っていた。

そして、おそらくは、ぼくの眼の中にも、聡と同じ狂気の色が浮かんでいたろう。

「しかし、もう、ぼくはその螺旋を持ってはいないよ——」

「だいじょうぶ。見えるさ。きっとね。一度見たら、そういう道が、意識の中にできあがってしまうんだ。螺旋の回路《みち》みたいなものがさ。見れるんだよ。小夜子をね。もう一度だ。君にも、権利がある。小夜子を見る権利がね。小夜子に惚《ほ》れてたからだ。おれから小夜子を奪ったっていいんだ。邪魔できるんならね。そういう権利まで、おれは奪うつもりはないよ——」

聡の声が、不気味なほど高くなり、うわずっていた。

眼が異様な光を放っていた。

「小夜子は渡さないよ」

「聡！」

ぼくは叫んでいた。

「待ってるんだ。あの、オミダマ石のそばでね。先に行って待ってるんだ。小夜子が今夜、夜半に登ってゆくから。おれは、準備をしなくちゃいけないからね。準備ができたら、おれも、あとからオミダマ石までゆくから……」

言うなり、聡は、眼をぎらつかせて、大きく身をひるがえしていた。

もう、すっかり夜になっていた。

たちまち月光の闇の中に聡の姿は溶けて消え去っていた。

ぼくの頭上で、ざわざわと杉が鳴っていた。

満月が、異様なほど、その輝きを増していた。

終章　わたるは夢と黒夜神《こくやじん》

長い間、ぼくは草の中に身を埋ずめたまま待っていた。

夜気は冷え込んでいた。

たった一ヵ月で、おどろくほどの冷えようだった。

周囲の草は、すっかり枯れた色をしていた。

その上をわたってゆく風の音も、すでに、一ヵ月前のそれではない。

秋の紅葉が、月の森を包んでいた。

暗い森の奥で、枝を離れた葉がしずしずと舞い落ちてゆく音までが聴こえてきそうであった。

月は、中天にあった。

ぼくは待っていた。

小夜子が、下から登ってくるのをである。

聡も、まだ、やってはこなかった。

ぼくの身体は、すっかり冷え込んでいるのに、肉体の中心のどこかで、熾火《おきび》のように熱いものが燃えていた。

ぼくは待った。

長い時間が過ぎた。

山の冷気と、山の時間の中に、ぼくは、ぼくが埋もれてしまうのではないかと思った。

——と。

ふいに、風の中に、あの笛音が混じったような気がした。

いつか聴いたことのあるあの音だ。

小さく、かねの音も、その中に混じったようであった。

すっと、ぼくの背に緊張が疾《はし》り、皮膚に鳥肌が立った。

そして、ぼくは見たのであった。

下方の草の間、したたるような青い月光の中を、ゆっくりと、踊りながら小夜子が登ってくるのを——

全裸だった。

愛らしい胸も、細い腕や、すんなりとした腰も、全てが見えていた。

ぼくの知っている、あの、常に淋《さび》しいものを溜《た》めていた彼女の顔ではなかった。

どのような哀しみも、彼女の顔に、微塵《みじん》も影を落としてはいなかった。

満面の笑みを、彼女はその顔にたたえていた。

楽しそうに踊りながら、小夜子が近づいてくる。

そして、彼女の後方に眼をやったぼくは、息をとめていた。

おそらく、その一瞬、ぼくは凄《すさ》まじい鬼の顔をしたに違いなかった。

青白い炎が、めらりとぼくの両眼から燃えあがった。

小夜子の後方から、やはり、踊りながら登ってくる、ひとりの、全裸の男の姿を見たからであった。

聡だった。

聡もまた、その顔に、満面の笑みを浮かべていた。

笛が鳴る。

かねがなる。

小夜子の白い手が、ひらりと月光にひるがえり、聡の足が、とん、と土を踏む。

〝小夜子を、この中から呼ぶんだよ。おれならば、それができる——〟

さっき、下で聡が口にした、そのことの意味がぼくにわかった。

聡は、自らの生命《いのち》を断って、小夜子と共に昇ってきたのだった。

〝おれもあとからゆくから——〟

そう言った言葉の意味も、ぼくはようやくのみ込んでいた。

〝おれから小夜子を奪ったっていいんだ。邪魔できるんならね〟

ふたりは、にこにことあの笑みを浮かべながら、大御霊石《おおみだまいし》の上で休んだ。

聡は、もう、ぼくがここで見ていることすら、忘れているらしい。透明な、歓喜の表情が、ふたりの貌《かお》に浮いていた。
一切の地上は、もう済んだ顔をしていた。
ぼくだけが、取り残されてしまうのだ。ぼくは、どうしていいかわからなかった。
小夜子――
あの小夜子がぼくの眼の前にいるのだ。
声をかけたかった。
ぼくをふり向かせたかった。
一緒に昇ってゆきたかった。
激しい衝動がぼくを襲った。
小夜子が行ってしまう。
たまらない恐怖がぼくを包んだ。
しかし、ぼくはそれに耐えた。
泣きながら、歯を軋《きし》らせながら、耐えた。
小夜子が、あまりにも幸福そうな顔をしていたからである。
少なくとも、ぼくには、自ら自分の生命を断つようなまねはできようがなかった。
やがて休んだふたりが、ゆっくりと、踊りながら、中天の満月に向かってゆくのを、
ぼくは、草の中から見おくったのだった。
ふたりの姿が見えなくなってからも、ぼくは、中天にかかった満月を、胸しめつけら

れる思いで、いつまでも見続けていた。

＊この作品の各章のタイトルに、宮沢賢治の詩
「原体剣舞連《はらたいけんばいれん》」の詩句を利用させていただきました。

あとがき

このところ、山らしい山に登っていないのである。

『神々の山嶺《いただき》』を書きあげてから、何かが抜け落ちてしまったようで、山に行くための時間を、ほとんど釣りに使うようになってしまったのである。

自分の中に棲《す》んでいた〝鬼〟を、根こそぎ『神々の山嶺』に持っていかれてしまったようなのである。

おととし（二〇一〇年）の二月に、ベネズエラのテーブルマウンテン、ロライマ山に行ったくらいで、なんとか、ぽつりぽつりとは、それでも山にはわずかにしがみついているような状態ではあるらしい。

しかし、なんともなつかしい作品が並んだものだ。

『山を生んだ男』が一番古い作品で、三十四年前、二十七歳の時に書いたものだ。

一番新しいものが、二年前――二〇一〇年に書いた『呼ぶ山』である。

『神々の山嶺』のスピンオフ作品と言ってもよく、作品中に名前こそ出していないものの、長谷常雄が主人公である。

本書中の短篇、中篇は、いずれも、ただ山の話というだけでなく、〝ひと味〟それに付け加わっている。それは、ファンタジィ、あるいは幻想と言ってもいいのかもしれないが、こちらの感覚としては〝ひと味〟と書く方が、どうもしっくりくるようなのである。


今年、六十一歳となってしまったが、この場所から眺めてみても、

「おっ、いいじゃないか、オマエ」

若い頃の自分をほめてやりたくなるような作品ばかりである。

不可思議。

不可思議。

あと何年、やれるのかはわからないのだが、どうせ、死ぬまで書き続けるわけだから、もうコワいものなどないのである。

小田原にて――

二〇一二年二月十九日

夢枕　獏

解説

大倉　貴之

いよいよ本年（二〇一六年）三月十二日に映画『エヴェレスト　神々の山嶺《いただき》』が公開となる。この映画の原作となったのは夢枕獏の柴田錬三郎賞受賞の長篇小説『神々の山嶺』である。まず本書の由来を書いておくと、本書は二〇一二年にメディアファクトリーから刊行された『呼ぶ山　夢枕獏山岳短篇集』を文庫化したものである。表題作の短篇「呼ぶ山」は、二〇一〇年に怪談雑誌「幽」に夢枕獏が書き下ろしたもの。それに先立って、二〇〇八年の「幽」〈第一特集　山の怪談〉の号では『神々の山嶺』の作者であり山男として国内外の山に挑んできた夢枕獏に、同じく山男で作家の安曇潤平《あずみじゅんぺい》が山の魅力と恐ろしさを聞くロング・インタビューが収録されていた。

拙稿「夢枕獏と山の小説」もこの号に掲載された。これは夢枕獏の描く数々の「短篇」から、山が舞台の作品を挙げて、「三十歳まで山小屋暮らし」という作者の「山岳短篇集」を組んでみたのだ。それが、「深山幻想譚《しんざんげんそうたん》」「山を生んだ男」「ことろの首」「霧《む》幻彷徨記《げんほうこうき》」「鳥葬の山」「髑髏盃《カパーラ》」「歓喜月の孔雀舞《パヴァーヌ》」である。そして、「幽」編集部のIさんが「呼ぶ山」を「深山幻想譚」と「山を生んだ男」の間に入れ、完成させたのが単行本『呼ぶ山　夢枕獏山岳短篇集』である。

編者としては、作者が「あとがき」で「若い頃の自分をほめてやりたくなるような作品ばかりである」と書いていただき満足している。今回、文庫化にあたり「幽」に掲載された拙稿も掲載していただけることになった。数々の傑作短篇をお読みいただいたあとでお読みいただければ幸いである。

二〇一五年十二月

「夢枕獏と山の小説」


昨年、夢枕獏はデビュー三十周年を迎えた。

高校生の時から使い始めたという筆名に「悪夢を食べる」とされる「獏」を用いていることから判るように、もともと夢枕獏は幻想小説や怪奇小説を指向して創作活動を始めた作家なのである。

学生時代からSF同人誌に作品を発表し、初めて商業誌「奇想天外」に短篇が掲載されたのが一九七七年。初めての単行本『ねこひきのオルオラネ』（集英社コバルト文庫）が刊行されたのが七九年。ベストセラーとなった伝奇バイオレンス小説『魔獣狩り　淫楽編』の刊行が八四年である。

思いつくままに夢枕獏がこれまでに上梓《じょうし》してきた作品名を書き出してみる。上弦の月を喰べる獅子、キマイラ、陰陽師、瑠璃の方船、風果つる街、餓狼伝、魔獣狩り、神々の山嶺、獅子の門、荒野に獣慟哭す、黒塚、腐りゆく天使、沙門空海唐の国にて鬼と宴す、涅槃の王……

SF同人誌という場所から作品の発表が始まった夢枕獏は、デビュー後、おもにSF雑誌で、童話とも民話とも恐怖小説ともいえるような独特の短篇を書いていた。夢枕獏といえば「山」というイメージがあるのは、エヴェレスト南西壁に冬期無酸素単独登頂に挑む男たちを描いた『神々の山嶺』(九七年)という豪速球ストレート山岳小説があることもあるが、古くからの読者には、ほとんどが、デビューから『魔獣狩り 淫楽編』がベストセラーとなり、いくつかの長篇シリーズに力を注ぐようになるまでの間に書かれた短篇に投影された著者のイメージが強くあるからだろう。例えば、デビュー間もないころに書かれたエッセイによれば、

こんにちは、ぼくです。

たとえば山なんかが好きで、独りでよく行くわけです。(中略)

雨は下から降るし、雷は真横からピラッとくる。そんな雷雨にみまわれて、近くの山小屋に、見知らぬ者どうしが囲炉裏の火を囲むことになるのね。

いろんな話が出るわけ。怪談やらエロ話やら真面目なやつ、それこそけったいなやつがたくさんね。（中略）

話がとぎれたすきに、外におシッコに出ると、いつのまにか雨はやみ雲は消え、星空に広びろと風が吹いている。

きゃ。

山で火を囲みながらの「もの語り」、そんな小説《やっ》をやっつけていきたいわけです。

「我が創作を語る」（『奇想天外』一九七七年十月号掲載）から引用

小説家を目指し、大学卒業後は山小屋でアルバイトをしながら作品を書き、作家デビュー後も単独で南アルプス縦走などもこなしてしまう若い作家。およそSF、幻想文学の書き手には似つかわしくなかったから強く印象に残っているのだろう。事実、山を舞台にしたこのころの短篇を読むと、山の季節感や風景の描写や、重いザックを背負い、登山靴で一歩一歩山をゆく登山者の実感とでもいうような描写に行き当たる。

読者自身に登山経験があるかないかはあまり関係なく、読者は鋭いから、きちんとした経験があるか、お勉強して書いたものかは判るのだ。特に登山のシンドさを描く夢枕獏の文章には「あっ、こいつは本当に山をやっている」という確信を持たせるものがあった。

山へ行けなくなったら——いや、山へ行かなくなったら、ぼくはおしまいだと想っている。
これから先、どういう状態になろうとも、山を歩くということだけは守っておきたい。（中略）山に自分の肉体と汗をはらい込んで、そこの気をもらってくるという作業をおこたるようになったら、ぼくの書く小説など、三文の値打ちもなくなってしまうだろう。

『遥かなる巨神』一九八〇年十二月刊「あとがき」より

そして、夢枕獏の方向性を決めた作品のひとつが、山岳小説と日本神話的世界が融合した「山を生んだ男」（『遥かなる巨神』収録）である。当時、その新しい視線でエンタテインメント書評に革新をもたらしつつあった北上次《きたがみじ》郎《ろう》が、そのリアルな遭難描写を絶賛。北上の推挙によって双葉社から長編書き下ろしの依頼が舞い込み、シッダールタ（仏陀《ぶっだ》として覚醒《かくせい》する前の釈迦《しゃか》）を主人公にした初の長篇冒険小説『幻獣変化』に結実。それを読んだ朝日ソノラマの編集者から書き下ろしの依頼が舞い込み、それが現在も書き続けられているキマイラシリーズの第一作となった。

さらに長篇山岳小説の書き手候補として北上に推挙された夢枕獏は、北上の期待に『神々の山嶺』で応《こた》えることになったのだ。

夢枕獏作品で、登山そのものをテーマにしているのは『神々の山嶺』しかない。それは、『神々の山嶺』こそ、「人はなぜ山に登るのか」という問いに真っ正面から答えようとした小説で、登山に関する全てが内包された作品で、夢枕獏自身の体験、綿密な取材に基づいた登山ルートの設定、近代登山の歴史、などをふまえた究極の登山小説として成立しているからだ。

一方、山を訪れた登場人物が、そこで事件に巻き込まれたり、怪異に出会うエピソードを夢枕獏の作品から摘出しようとすると、膨大なものになる。代表的なものをいくつかあげると、

過激派集団から大金を奪った文成仙吉《ふみなりせんきち》と中野《なかの》久美子《くみこ》は、西丹沢《にしたんざわ》山中から山中《やまなか》湖方面へ向かう山中で乱交を行う邪教集団を目撃してしまう。サイコダイバー・シリーズの開幕となる『魔獣狩り 淫楽編』の冒頭場面である。夜の山中で繰り広げられる淫靡《いんび》で血生臭い場面から、伝奇バイオレンス・ノベルのブームが巻き起こったのだ。

キマイラ・シリーズにも、山を舞台にした印象的な場面があるし、闇狩り師シリーズでも、自然薯《じねんじょ》を求めて分け入った山中で妖《あやかし》に取り憑《つ》かれる「嫗《おうな》」。山で迷った男の飢餓感につけいる妖が登場する「餓鬼魂《がきだま》」などがある。これらを改めて読むと、未《いま》だに山が現代に残された異界であるのか、現代人の生活範囲が街場に集中したからこそ、山の異界化が進んだのか、興味は尽きない。

猫を連れたオルオラネ爺《じい》さんが登場する連作短篇シリーズの一編「天竺風鈴草」は、大学卒業後も就職せずに生活の中心を山におく若者が登場する。この若者は、デビュー

前の作者自身を投影したような造形がされており、季節の移ろいや若者の恋が瑞々《みずみず》しい筆致で描かれている。

今回、本稿の依頼を受けた時に、まず考えたのが以前から温めていた企画、夢枕獏「山」短篇集の披露である。これは、長篇の一場面や連作短篇から選ぶのではなく、山がモチーフになっている独立した短篇を集めた架空の短篇集で、収録順にも工夫したいものである。一番悩んだのが『奇譚草子』収録のショート・ショートから、「こっちこいこっちこいの板の話」「何度も雪に埋めた死体の話」、「続・何度も雪に埋めた死体の話」を採用するかどうかであったが、ここは以下の七編に絞り、珠玉の幻想譚を堪能《たんのう》してもらうことにする。

タイトルは、収録作「深山幻想譚」からとって『深山幻想譚』。副題に「夢枕獏山岳短篇集」としたい。

「深山幻想譚」、街から逃れてきた敗者の隠れ場所としての山を描いた切れ味のよい作品。『悪夢喰らい』収録。

「山を生んだ男」、幻想を支えるリアルな登山者と、日本神話のエッセンスが交わる幻想譚。結末のカタルシスに感動。『遥かなる巨神』収録。

「ことろの首」、怪しい人々が集う山小屋に迷い込んでしまった男の恐怖を描きながら、童話的な余韻を感じさせる佳作。『悪夢喰らい』収録。

「霧幻彷徨記」、山で霧に捲《ま》かれた男に起こった不思議な現象を描き、山の底深さをひしひしと感じさせる一編。『悪夢喰らい』収録。

「鳥葬の山」、チベットで鳥葬を見学した男は、帰国後、常に鳥にまとわりつかれるようになる。抑えた筆致で時空を超える因縁が描かれた異色作。『鳥葬の山』収録。

「髑髏盃《カパーラ》」、髑髏《どくろ》盃《はい》の禍々《まがまが》しいイメージとヒマラヤの壮大なスケールが渾然一体《こんぜんいったい》となる不思議な読後感に驚かされる作品。『歓喜月の孔雀舞《パヴァーヌ》』収録。

「歓喜月の孔雀舞」、作者が強い拘《こだわ》りをもつ螺旋《らせん》のイメージが強烈だ。幽明の境を超えて求め合う男女の想い美しい傑作。『歓喜月の孔雀舞』収録。

　全篇が山の冷気に溢《あふ》れ、作者の山での経験がいかに奥深く、大きいかが実感できる短篇集になったと思う。

収録作品初出および掲載記録

本書では★に掲載のものを底本とし、一部加筆修正を加えました。

「深山幻想譚《しんざんげんそうたん》」
「ブルータス」一九八一年六月十二日号
『悪夢喰らい』角川書店・一九八四年
同 角川文庫・一九八五年
同 角川ホラー文庫・二〇〇二年 ★

「呼ぶ山」
「幽」vol.14（「ダ・ヴィンチ」二〇一一年二月号増刊）・二〇一〇年 ★

「山を生んだ男」
「奇想天外」一九七八年十一月号
『遥かなる巨神』双葉文庫・一九八四年
同 角川文庫・一九八九年
同 創元SF文庫・二〇〇八年 ★

「ことろの首」
「野生時代」一九八四年四月号
『悪夢喰らい』角川書店・一九八四年
同 角川文庫・一九八五年
同 角川ホラー文庫・二〇〇二年 ★

「霧幻彷徨記《むげんほうこうき》」
「山と渓谷臨時増刊　山の写真」一九八二年 No.1
『悪夢喰らい』角川書店・一九八四年
同　角川文庫・一九八五年
同　角川ホラー文庫・二〇〇二年　★

「鳥葬の山」
「小説新潮」一九八九年三月号
『鳥葬の山』文藝春秋・一九九一年
同　文春文庫・一九九三年　★

「髑髏盃《カバーラ》」
「すばる」一九八七年八月号
『歓喜月の孔雀舞』新潮社・一九八七年
同　新潮文庫・一九九〇年
同　徳間文庫・二〇〇四年　★

「歓喜月の孔雀舞《パヴァーヌ》」
「小説新潮」一九八六年七月号
『歓喜月の孔雀舞』新潮社・一九八七年
同　新潮文庫・一九九〇年
同　徳間文庫・二〇〇四年　★

本書は、二〇一二年四月にメディアファクトリーより刊行された単行本『呼ぶ山　夢枕獏山岳短篇集』を改題、一部加筆の上、文庫化したものです。

呼《よ》ぶ山《やま》

夢枕獏山岳小説集《ゆめまくらばくさんがくしょうせつしゅう》

夢枕《ゆめまくら》 獏《ばく》

平成28年 2月25日　初版発行
令和6年 5月15日　5版発行

発行者●山下直久

発行●株式会社KADOKAWA
〒102-8177　東京都千代田区富士見2-13-3
電話　0570-002-301（ナビダイヤル）

角川文庫 19603

印刷所●株式会社KADOKAWA
製本所●株式会社KADOKAWA

表紙画●和田三造

ISBN978-4-04-103805-5　C0193

◆◆◆

角川文庫発刊に際して

角川源義

第二次世界大戦の敗北は、軍事力の敗北であった以上に、私たちの若い文化力の敗退であった。私たちの文化が戦争に対して如何に無力であり、単なるあだ花に過ぎなかったかを、私たちは身を以て体験し痛感した。西洋近代文化の摂取にとって、明治以後八十年の歳月は決して短かすぎたとは言えない。にもかかわらず、近代文化の伝統を確立し、自由な批判と柔軟な良識に富む文化層として自らを形成することに私たちは失敗して来た。そしてこれは、各層への文化の普及滲透を任務とする出版人の責任でもあった。

一九四五年以来、私たちは再び振出しに戻り、第一歩から踏み出すことを余儀なくされた。これは大きな不幸ではあるが、反面、これまでの混沌・未熟・歪曲の中にあった我が国の文化に秩序と確たる基礎を齎らすためには絶好の機会でもある。角川書店は、このような祖国の文化的危機にあたり、微力をも顧みず再建の礎石たるべき抱負と決意とをもって出発したが、ここに創立以来の念願を果すべく角川文庫を発刊する。これまで刊行されたあらゆる全集叢書文庫類の長所と短所とを検討し、古今東西の不朽の典籍を、良心的編集のもとに、廉価に、そして書架にふさわしい美本として、多くのひとびとに提供しようとする。しかし私たちは徒らに百科全書的な知識のジレッタントを作ることを目的とせず、あくまで祖国の文化に秩序と再建への道を示し、この文庫を角川書店の栄ある事業として、今後永久に継続発展せしめ、学芸と教養との殿堂として大成せんことを期したい。多くの読書子の愛情ある忠言と支持とによって、この希望と抱負とを完遂せしめられんことを願う。

一九四九年五月三日